Contos crespos

CUTI

Contos crespos

2ª Edição

MAZA
edições

Copyright © 2008 by Luiz Silva (Cuti)
Todos os direitos reservados
2ª Edição: 2012

Capa
Túlio Oliveira

Charge
Marcelo Ohta

Diagramação
Pablo Guimarães

Revisão
Ana Emília de Carvalho

Obra atualizada conforme o
Acordo Ortográfico da Língua Portuguesa

C988c	Cuti.
	Contos Crespos, Cuti. – 2 ed. – Belo Horizonte : Mazza Edições, 2012.
	216 p.
	ISBN 978-85-7160-562-6
	1. Contos brasileiros. I. Título.
	CDD: B869.34
	CDU: 821.134.3(81)-34

Mazza Edições Ltda.
Rua Bragança, 101 – Bairro Pompeia – Telefax: (31) 3481-0591
30280-410 • Belo Horizonte - MG
e-mail: edmazza@uai.com.br
www.mazzaedicoes.com.br

SUMÁRIO

Boneca 7
Enquanto o pagode não vem 10
Tentativa 15
Impacto poético 20
Olho de sogra 27
Quizila 38
Toque-te-me-toque 52
Dupla culpa 59
Trajetos 65
Tchan! 69
Titubeio 73
Saída 79
O negrinho 83
Delírio de sombra 90
Incidente na raiz 97
Não era uma vez 99
Desencontro 105
O dito pelo dito Benedito 113
Vida em dívida 127
Ah, esses jovens brancos de terno e gravata! 132
Entreato 134
Um lapso 140
Coluna 145
Carreto 148
O batizado 153
O melhor amigo da fome 159
Lembrança das lições 160
Inventário das águas 165
In-cura 174
Preto no branco 175
Namoro 182
Visita 195
Conluio das perdas 196
Dívida em vida 203
Encontro 206
Ponto riscado no espelho 211
Sob a alvura das pálpebras 214

BONECA

Nenhuma! Cansou de tanto andar. Perguntara muito. Ouvira respostas de todo tipo. Algumas vezes, reagira à escassa delicadeza de certos balconistas e mesmo às ironias finas. Em outros momentos fora levado à autocomiseração, depois de ouvir, por exemplo:
Sinto muito!...
Ou:
Queira nos desculpar... A fábrica não fornece, sabe...
Desanimar? Não. Não havia por que desistir de encontrar o presente de Natal para a filha. Com os seus 33 anos, estava em plena forma física. Além disso, era como se a pequena o conduzisse pelas ruas do centro comercial. Continuar a procura, mesmo pisoteando o cansaço, era uma missão.

Com entusiasmo, entrou na loja seguinte. Cheia! Aguardou pacientemente. Uma mocinha branca, de ar meigo e aspecto subnutrido, indagou:
O senhor já foi atendido?
Não. Por gentileza, eu estou procurando uma boneca...
Temos várias. Olha aqui a Barbie, a Xuxinha... – e a loirinha foi apanhando diversas bonecas. Colocava-as sobre o balcão, como se escolhesse para si. *Olha que gracinha esta aqui de olhos azuis! É novidade. Chegou ontem e já vendeu quase tudo. Chora, tem chupeta, faz pipi... E essa outra aqui? Não é uma graça?* – e levou ao colo a ruivinha de tom amarelado, bem clarinha.

Mexeu-lhe os bracinhos e as perninhas e indagou: *Não gostou de nenhuma?*
É que estou procurando uma boneca negra...

...

Meia hora de espera.
Tem sim! – o dono da loja dirigiu-se à empregada. *Procura melhor, na prateleira de baixo, lá em cima mesmo, perto da pia.*
A moça subiu de novo a escada, depois de sorrir um submisso constrangimento.
Desceu mais uma vez, recebeu novas instruções e tornou a sorrir. Em seguida, do alto do mezanino, mostrou o rostinho gorducho, marrom-escuro, de uma boneca. Radiante, a balconista empunhava-a como um troféu. Assim desceu a escada. Mas, descuidando-se nos degraus, despencou-se. Todos se apavoraram. As colegas de trabalho foram em socorro.
Nenhuma fratura. Apenas um susto. O patrão exasperou-se, mas logo conseguiu se controlar, vermelho como pimenta-malagueta. A loja estava cheia. Foi atender o cliente:
Peço desculpa pela demora e pelo transtorno. Espero que o senhor não tenha se chateado. O importante é que encontramos o produto. Está em falta, sabe... Eles não entregam. Eu mesmo encomendei a semana passada. Mas o representante disse que a firma está exportando para a África. Está certo, mas aqui também tem freguês que procura, não é? O senhor é brasileiro?
Sim.
Então... – o homem engoliu a frase e preparou a nota.

...

Já na rua, o pai, entre tantos pensamentos, alguns desagradáveis, lembrou-se da descontração a que fazia jus, depois de suar expectativas naquela manhã de dezembro. Respirou fundo. Contemplou o lindo embrulho de motivações natalinas, em que se destacavam o Papai Noel, crianças louras e muita neve. Seguiu, passos lentos, em direção a uma lanchonete.

Vai uma loura gelada aí, chefe? – pronunciou o balconista ao vê-lo sentar-se junto do balcão.

Sorriu, confirmando com um gesto de polegar.

Ao primeiro gole de cerveja, sentiu-se profundamente aliviado e feliz.

ENQUANTO O PAGODE NÃO VEM

Joel, é esse aqui, aquele lá da faculdade...
Ah, o que gosta de samba? Vai fazer tese, não vai?
É. Ele está com o mestrado em andamento.
Muito prazer. Meu nome é Joel.
Pode sentar, Orlando.
Vai com a gente na cerveja? Ah, não bebe... A rapaziada tá chegando logo mais.
Não, Orlando... O pessoal aqui nesse boteco faz samba da pesada. Não é em garrafa e caixa de fósforos, não. O pandeiro tá vindo aí junto com o tantã, tamborim e cavaco.
E tem mais, meu amigo... Como é mesmo a sua graça? Ah, sim, Orlando. Viu, Sandro, vem vindo aí uma senhora cuíca. Ah, sim, Or-lan-do. Desculpe.
Você pode gostar, mas essa que o Joel tá dizendo não tem igual.
Sabe, nós até botamos o apelido nela de umbigo de crioulo, não é, Roberto?
Nós não! Você pôs o apelido, Joel. Até levantou a camisa pra mostrar a semelhança.
Oooooooo, Roberto! Não precisa espalhar. Daqui a pouco o amigo aqui vai querer que eu faça demonstração... Ha... ha... ha... Se apertar, não vai sair som de cuíca, só a baqueta do surdo é que vai subir... Ha... ha... ha... Esse teu amigo, viu, Franco... Ah, desculpe, Orlando! Mas viu, Orlando, esse aqui é muito meu camarada, mas gosta de sujar a minha ficha.

Garçom!

Vai lá, Roberto, que o cara tá igual peru bêbado. Esqueceu que é aqui. Nunca vi bar pra encher igual esse! Outro dia eu tava a fim duma mesa, sentei no balcão e pedi minha cerva. Tinha um branco que começou... Desculpe eu tá falando "branco", porque eu não tenho preconceito. É que o cara era mesmo assim, parecia de cera, entendeu? Parafina. Só falando branco mesmo...

Taí, ó, geladinha!

Beleeeza! Mas, como eu tava te contando... Seu nome é?... Leandro? Ah, sim, Orlando! Desculpe. Eu pra guardar nome sou uma negação.

Pô, Joel, você tá demais. Anda trocando Jesus por Genésio. Tá louco!... É isso aí, meu caro, fica confundindo entidade espiritual com enredo de carnaval...

É mesmo, Roberto. Preciso dar a obrigação e não tem como fugir. O padrinho já andou ameaçando, com aquele jeito gordo dele, né... Ha... ha... ha... Você conhece a fera, né? O pai Adelso?! É... Aí ele diz assim pra mim: **Quando o santo qué e cavalo não dá, ou dá ou desce! O santo derruba!** Aí, já faço umas mirongas, acendo umas velas... Sabe como é, santo quer banquete, 'cê dá um lanche. Enquanto isso, aquela rebordosa pra arrumar o "troco" pro trabalho completo, é ou não é?

Eu também pratico, Orlando. Mas eu levo a sério. Não faço igual o Joel, não. Comigo é ali, direitinho.

Como é que é, Evandro?... Oh, desculpe, não é Evandro, é... Ah, isso, Orlando! Não vai nem um golinho?

Acho bom 'cê parar de beber, Joel.

Oooooo, Roberto, me chamando de bebum na frente do amigo aqui...? O rapaz tá me conhecendo agora...

Não é isso. Mas, sabe como é, a cabeça tá devendo, o santo vem e cobra. Ainda se fica tomando uns goró...

Ah, para de graça, Betinho, deixa eu ouvir teu camarada.

....?

Ah, Salomão, quer dizer, Orlando, se você vai querer saber isso tudo... Não dá pra explicar esse negócio. É muito complicado. Sabe, o orixá mora na cabeça... Iiiiiii, mas se você não sabe o que é orixá, aí fica mais difícil.

Eu sei que não divulgam, Orlando, mas o que o Joel quer dizer é que tem de estar lá pra entender um pouco. E tem mais, certos fundamentos, só o dono da cabeça! Não dá pra explicar. Ou melhor, você nem sabe.

E sabe ao mesmo tempo, né, Roberto? Não exagera, senão o amigo aí, o Orlando – ah, viu como eu lembrei!, o Orlando vai achar aquele negócio: que é religião de crioulo ignorante... E eu, já viu, se precisar, jogo minha carteirinha da Ordem dos Advogados em cima da mesa.

O que estou dizendo é sobre o fundamento do ori. Ahn?

Eeeeee... Vamos mudar de assunto, Roberto, senão vai precisar dum dicionário de macumba pro amigo aí... Ha... ha... ha...

Não leva a mal o Joel, hein, Orlando! É que... Tudo bem, mas numa outra oportunidade a gente troca uma ideia mais sossegada sobre religião.

Mas eu queria terminar a história do balcão pra ele, Roberto. Eu tava até contando... Eu tinha te falado, né, companheiro, que faltava lugar e eu sentei no balcão. E o branco... 'Cê não leva a mal d'eu falar "branco"!... Eu não sou racista... Certo... Então, como eu ia dizendo, ele levantou e quis tirar uma onda na minha cara. Me chamou de macaco. Pra quê?! Desci do balcão com a garrafa de cerveja, fui lá e despejei na cabeça dele, tudinho. O cara tremeu. Me mediu de cima a baixo e saiu chorando... Ha... ha... ha... Fiquei até com pena.

Mas o cara devia ser franzininho, hein, Joel?

Não, até que não... Pô, mano, não vai me chamar de mentiroso, pô!... Deixa eu falar com teu amigo aqui. Mas viu, Orlando – já gravei teu nome, tá vendo?, o sujeito saiu assim, com um soluço esquisito, chegou na porta do bar, deu um puta berro: **AHHHHHH!***... Jogou um bocado de murro no ar e se mandou.*

Ha... ha... ha... 'Cê é uma nota, meu! Conta um conto e aumenta um bocado de ponto...

Ooooooo, Roberto, o José aí do bar te confirmou. Não, Silviano, o cara tava sozinho. Ah, sim, Orlando, desculpe. Mas aí todo mundo deu risada, sabe, e eu sentei no lugar dele e pedi outra cerveja. O dono do bar é meu chapa. Sabe que eu fiz tudo aquilo de gozação. Tô cansado de livrar a barra dele na Justiça. Mas depois veio o garçom, não esse que taí. Um outro, baixinho. Chegou e me disse que o cara era professor de Caratê e Jiu-jitsu. Só que era meio lelé. Andou levando uns cocorotes na cabeça...

Já pensou se ele te pega, meu? 'Cê com essa barriga toda...

Ah, Roberto, não enche o saco! Até que a minha barriga é modesta. Não sabia que eu ando a fim da coroa do momo? É, depois do Henricão, não dá mais pra barrar negrão na conquista do reinado. O Henricão... Ele era teu parente, não era?

Não. Uma irmã minha que é casada com um primo dele. É, Orlando, ele foi o Rei Momo do carnaval... De quando mesmo, Joel?

Foi no carnaval de 1984, acho eu. Gente finíssima, viu, Orlando. Conheceu?

É que ele não se ligava em carnaval, Joel.

Mas devia conhecer o primeiro Rei Momo negro, pô! Foi um fenômeno... O que, Rolando? Ah, sim, Orlando... O que 'cê falou? Desfile de carnaval é alienação? Ah, tudo que negrão faz 'cês vêm com esse papo. Se for alienação, é culpa mesmo de vocês brancos, que

*faturam no tecido pra fantasia, no bar, nos instrumentos e tudo...
Que calma o que, Roberto! Esse lance de que escola de samba é alienação tá por fora. E as madames mostrando as tetas, as boletas e as bundinhas magras no salão? Isso aí não é alienação? Já vi que teu amigo aqui não é muito chegado nas coisas da raça.*

O Orlando tá se aproximando do meio, Joel...

Iiiii... Se aproximar já numas de criticar, sem tá por dentro? Vai se dar mal. Desse jeito essa tua tese, meu chapa, a rapaziada vai limpar o cu com ela.

Calma, Joel... Olha a moçada chegando aí.

Juruba, aqui! Ha... ha... ha... Aquela da Vai-Vai:
"Foi como um raio de luz
A imagem do céu
No rosário de Ifá.
Eu vi, ah eu vi
Nossos babalaôs..."

Que isso, Orlando?! Já vai? Pô, desculpa a discussão. Não leva a mal. O Joel é assim mesmo. Mas não guarda rancor de ninguém... Tá legal, a gente se encontra na segunda-feira na faculdade.

Hei! Já vai, Fernão? Aparece aí... Falou!... Pode deixar que não esqueço teu nome não, viu Sandro...
"E lá do alto
Quando o sol brilhou
Eu avistei a pedreira de Xangô..."[1]

---

[1] Trechos do samba-enredo "Orun-Aiyê – O Eterno Amanhecer", da Escola de Samba Vai-Vai, do Carnaval de1982.

TENTATIVA

Agora Durval era apenas uma cabeça furada a balas, jogada em um matagal, longe dum resto de carne carbonizada.

Fala, filho-da-puta! – e dois tapas no rosto, um chute no saco, murros na nuca e pisões sobre o fígado encharcado.

Durval já não sabia nada sobre drogas. Naquele dia estava em casa contente, bebericando uma cachaça ao sabor novo de recomeçar a vida. Conseguira um trabalho no meio do desemprego que assolava a cidade, o estado, o País. Mandara recado para a filha. Quando ela chegasse da casa dos avós, ele lhe daria um beijo na face e diria:

Tiquinha, agora as coisas vão melhorar. Juro. O pai conseguiu um emprego numa companhia de gás. Quando tudo tiver arrumadinho, você vem morar aqui, tá bom?

Depois veria nos olhinhos dela aquele brilho há muito esperado para saltar do fundo. Certamente receberia um beijo e viria depois um pedido, de mansinho, para que ele reduzisse a bebida, recado da família de Helena, sem dúvida.

Mas eles chegaram e estouraram os miolos do sonho, algemando Durval e apontando revólveres e metralhadoras contra as paredes indefesas do barraco. Arrastaram-no sem dar importância à sua súplica:

Eu não fiz nada! Eu não sou da malandragem. Não tenho mais nada a ver com essa transa...

Tica não mais ficaria alegre de ver o pai recomeçar a vida. Mas a quem aquela alegria importava? Havia ficado sozinha quando a mãe fora levada para o túmulo com um câncer de mama e muito desgosto, depois de haver sido o esteio da casa e, de vez em quando, saco de pancadas do marido. Helena casara-se, mas não colhera por muito tempo flores no sossego das coisas boas da vida. Casaram-se às pressas mais para se protegerem. Havia um pai valentão prometendo agredir Durval, provocar uma desgraça, se o mesmo não cumprisse as normas de praxe para encobrir de moral a gravidez da filha. Do lado de Durval, as súplicas da velha mãe para que constituísse uma família, pois Helena era tão boa e ele o único filho, a única esperança, e que uma criança uniria o casal... Enfim, o conjunto de pressões emparedou o moço mulherengo e fez prevalecer os princípios morais da educação de sua namorada. Exatamente quando o amor começava a ficar com os olhos limpos.

Até conhecer Helena, de sexta a domingo, era seu hábito passar as noites fora de casa, dançando muito, frequentando hotéis baratos ou agitando instrumentos em escola de samba. Nos lábios sempre um riso abrindo asas. Viver tinha aquele significado: prazer até as últimas consequências, que eram sempre as penúltimas. O revertério do álcool, o cansaço, a constante falta de dinheiro, as insistentes cobranças, o vexame, nada o demovia da fixação. A vida, afinal, o que valia? Trabalhar exigia uma recompensa: lazer. Amor de verdade? Um, empurrado para bem fundo na memória. Nem queria pensar. Dor demasiada a perda. E, a partir daquela experiência, uma pedra no coração e muita purpurina sonora a desfilar no esmalte dentário. Buscava alegria, sol evasivo nos corpos com quem realizava prazer. Das mulheres, apenas o imediato da noite. Que nenhuma lhe contasse segredos ou fizesse confidências. Detestava ouvi-los.

Quem gosta de confissão é padre! – era esse seu argumento.

Não aturava sequer meia hora de conversa íntima. Não queria, de forma alguma, relembrar, correr o risco de sofrer por amor. Contudo, era simpático e apresentava um bom desempenho sexual.

Surgiu Helena sob a epiderme de uma noite orgástica, fazendo redemoinhar os sentimentos. Durval relutou. Não fez questão de procurá-la para um novo encontro. Chegou mesmo a se empenhar na rejeição. Não se deu bem. Relaxou e gozou nos carinhos oferecidos. Aceitou as confidências e falou de amor.

A menina veio ao mundo pelas mãos da conveniência, mas foi gerada no aconchego da ternura. Nos primeiros meses, encheu de contentamento sua periferia. Ajudou na superação dos atritos que haviam desembocado na união matrimonial. Tias, avós, os pais, todos sentiram um íntimo relaxamento, uma massagem de futuro com que a pequena presenteou a todos com o seu choramingar de esperança e risinho pleno de encanto. Até no avô conseguiu afrouxar o nó encordoado na testa.

Durval passou, no entanto, a ficar entre dois extremos: a vida conjugal e a outra vida. De segunda a quinta-feira, muito bem com a rotina trabalho-casa, casa-trabalho. E afeto. Amava a filha com toda a revivescência de seu próprio conteúdo de infância. Deixava sua criança interior brincar, fazer caretas, rolar pelo chão. Na sexta pela manhã, fechava a cara e não aceitava o café de Helena. Saía revoltado, tomava o trem e raras vezes não discutia, por motivo insignificante, com algum passageiro no meio das inevitáveis cotoveladas. No trabalho discutia. E à noite, se voltasse para casa, brigava com Helena:

A comida está salgada... Essa menina não para de chorar!... Apaga essa merda de televisão! Já ando com o saco cheio de novela e filme! – e outras tantas queixas.

Naquelas ocasiões, por demorar a pegar no sono, acordava cansado. Sábado à tarde e domingo, era para se estafar no futebol de várzea.

Helena deixou de questionar, para que o bafafá não se armasse. Nas sextas-feiras em que não retornava para casa, era o porre, depois de se banhar em antigas amizades.

Os anos se atropelaram. E em um desses conflitos entre os dois extremos, Durval agrediu o patrão na lavanderia em que trabalhava. Foi despedido por justa causa. Na ocasião, emprego era agulha em palheiro. Daí, o pão nosso de cada dia passou a minguar. Helena dedicou-se muito mais à limpeza "em casa dos outros". O marido tentou vários bicos, mas a revolta havia crescido no peito e pisoteado a paciência. Encostou o corpo e, depois de uma briga com a mulher, resolveu aceitar a proposta de um afamado marginal e vender uns pacaus de maconha, discretamente. Foi preso. Saiu. Foi preso de novo, embora já houvesse desistido do emprego ilegal. Helena definhou e se recusou intimamente a viver. A filha, contando apenas 8 anos, passou a morar com os avós maternos. Das poucas visitas que lhe permitiram fazer à prisão, pediu ao pai que mudasse de vida. Os olhos dele brilhavam. Engolia as lágrimas.

Quando saiu detrás das grades, Durval firmou o pensamento, encheu o peito, sentiu uma responsabilidade maior pela filha que tanto amava. Resolveu se aprumar. O antecedente criminal impediu a passagem. A lembrança de Helena e seus carinhos, a dor do remorso, tudo ameaçava desestimular seus propósitos. A velha mãe, mesmo perdendo a força em um asilo, incentivava-o. A família da mulher, amedrontada pela possibilidade de perder a menina, tecia intrigas e descrenças. Mas a luta por um emprego continuou e Durval conquistou-o.

Era tarde.

Tica, a filha, chegou para encontrar o pai e deparou-se com a garrafa de cachaça Rio Pedrense em cacos no chão, cadeiras viradas, a porta escancarada e os vizinhos zunindo a desgraça em seus ouvidos, chocados com a violência dos justiceiros.

Naquele momento, um vazio em carne viva abraçou a órfã e dela se apossou, o pai afogando-se em sua memória. As lágrimas transbordaram-lhe de um enorme poço de mágoas.

IMPACTO POÉTICO

Era tão vaidoso que fazia amor no singular. Poeta. Poeta?
Eu sou poeta, romancista, dramaturgo e contista!, dizia sempre que tinha uma brecha em qualquer conversa com estranhos. Aos conhecidos alardeava com jactância seus sucessos nos empreendimentos literários. Aumentava sensivelmente o número de livros escritos e a quantidade comercializada. Quando o interlocutor era também do ofício, procurava dirigir a conversa para um ponto em que a prepotência cedia um palminho à solidariedade:
Sem dúvida, eu e você somos os melhores poetas negros do Brasil!
Ou então:
Apesar de que eu não li ainda a tua peça, creio que a dramaturgia negra terá necessariamente os nossos nomes em primeiro lugar.
Ou ainda:
Os teus contos e os meus são os melhores. Constituem a nata negra da literatura brasileira. O resto dá até pena. Pessoal que realmente não sabe escrever. Falta formação, sem dúvida...
Foi em um encontro de arte, no Centro de Negritude Paulistana, que Ildebrando se apaixonou irremediavelmente, até perder sua aura de importância produzida com muito esforço e mentiras.
Havia sido anunciado o nome do "grande poeta da negritude". Era a vez de exprimir suas convicções profundas acerca do sentimento afro-brasileiro na poética nacional.

Com sua voz firme, emplumada de veemência, iniciou seu discurso:

Poeta, contista, dramaturgo e romancista, além de escultor e com incursões pela área da pintura moderna, EU, Ildebrando Camargo, autor do livro A Garganta de Ébano, *que teve uma edição de 10 mil exemplares vendidos, venho de público dizer que o meu trabalho visa, única e exclusivamente, à integração do elemento negro na sociedade brasileira, através da revelação de sua alma.*

Palmas e apupos. E a mordedura de uma inveja em Foluke Nguchi, um amante da poesia, que na plateia acumulava tensão para explodir em casa poemas angustiados. Jovem na faixa dos 30, escuro, estatura mediana, calvície em ritmo de desenvolvimento e uma proeminência de cerveja sobre a cinta, Foluke era um questionador do talento de seus companheiros. Fitava Ildebrando, que se sentava entre um bailarino careca e uma diretora de teatro de olhinhos perdidos em fundo de garrafa. Fitava-o como quem faz mira com perguntas que acabava por não proferir. Se lá estivesse, ah!... discorreria, sem dúvida, sobre coisas verdadeiramente importantes para a poesia negra. Falaria da profundidade do ser-negro-no-mundo e da luta com a palavra. Aquele tal Ildebrando não era um autêntico poeta. Seus versos prosaicos não feriam um milímetro sequer o *status quo* racista. Assim ruminava Foluke, com seu diploma universitário sempre a boiar – tábua de salvação – no rio penseiro.

Tenho me preocupado com o testemunho de uma alma. Evidentemente, não podemos fugir de uma preocupação estética. EU, sendo neto de africanos legítimos, africanos islamizados – é importante salientar isso porque muita gente não sabe que muitos escravos conheciam a escrita árabe –, EU, também por terem sido meus pais garimpeiros em Minas Gerais, além da ideologia comunitarista, EU propugno pelas raízes da cultura popular. Prefiro despojar a minha arte das esferas intelectuais e me dirigir a um público mais geral, compreendeu?

É quinze reais só – um poeta baixinho vendia na plateia poemas ilustrados.

São cinco poemas mais o desenho, né, moça!? – insistia ele.

Ildebrando no palco, irritado com a concorrência, não perdoou aquela intromissão e, em voz alta:

Ô, minha, gente!... Gostaria de pedir silêncio na assistência. Se é pra ser interrompido, eu retiro meu discurso.

Ô, cara, vai vender poesia lá fora, pô! – gritou alguém, em tom irritadiço, para Gilmar Rodrigues, que não gostou nada da advertência e retrucou, firmando o boné na cabeça:

Não te conheço não, rapaz. Vendo onde eu quero.

Mas não vê que tá atrapalhando? – berrou a jovem de cabelos caindo em tranças de lã, excessivamente feminina. Comoção profunda no peito de Ildebrando. O pavio de simpatia e desejo que nutria por aquela mulher de agressividade tão exposta, meiga, no entanto, teve ímpeto de faiscar paixão. Era a princesa de suas fantasias, tentativa frustrada de aproximação, coração escorregando naquelas curvas... Assim, logo que o poeta vendedor retrucou:

Olha aqui, rastafári, não grita comigo não!, Ildebrando interveio:

A moça tem mais é que gritar mesmo, meu amigo! Estamos numa reunião artística e não em supermercado!

Um professor de Física, brasileiro recém-chegado de país africano, com sotaque luso, atacou firme de palavrão:

Porra! que merda isto aqui. Desd'que ch'guei d'África só tenho visto negro a brigar com negro no Brasil, pá! Vocês precisam saber o que é revolução, porra! Não é est' bate-boca estéril não, caralho!

É isso mesmo, companheiro! – exaltou-se um gordinho do Movimento Negro Justificado e prosseguiu: *Esse papo aqui tá muito burguês. Arte de elite. Não é disso que as massas trabalhadoras precisam.*

Cala a boca, cara! O problema é epistemológico... – gritaram dois irmãos ao mesmo tempo, gesticulando sem nenhuma prudência.

Calma, pessoal!... – tentou falar, mais alto que todos, um jornalista *freelancer*, candidato a poeta. Não conseguiu. O tumulto já tinha explodido um soco. O coordenador dos trabalhos – um grandalhão ex-policial da PM – gritava muito, tentando acalmar os ânimos (pensava em um porrete!). O encontro se degringolou de vez. Um dos que arengava no braço tinha o nariz pingando perigo, outros com orelhas em chamas e muita gente enturmada no "deixa disso". Um dos poucos brancos convidados ria à porta, com um sarcasmo de superioridade esticando os lábios, quando lhe deu um esbarrão o nordestino mulato – posudo a crítico literário – que saía maldizendo a raça de que descendia. Em dado momento, na confusão, ouviu-se falar em polícia. Protesto em seguida: a luz apagou-se.

...

Pode me largar, chuchu? – disse Marisa Molina a Ildebrando, que ainda a segurava pelo braço em uma rua escura.

Ah, sim, claro...

Ildebrando, no cocuruto do rebuliço, havia saído voando com Marisa. Um rapto? Quase. Seu coração, já fisgado, não dava tempo ou espaço para reflexão. Era um sonho. Aquela beleza o abatia no mesmo instante que exaltava. *A mulher mais bela que conheci*, diria muito tempo mais tarde.

Caminharam. Ela – uma atriz de teatro apelidada por alguns de Marisa Cheguei – ia com uma ironia *beijaflorando* nos lábios. Ele, na frágil postura de grande poeta humilde. Deram-se os braços para enfrentar o aclive de uma ladeira. Nenhuma necessidade de falar. Uma brisa fresca abençoava o encontro...

Passos! Passou em marcha acelerada o poeta Foluke Nguchi, carregando a violência de um poema no peito. Paulo Xavier – seu nome de batismo – tinha método. Levava a tensão até em casa para despejá-la sobre o papel. O carnegão poético, no entanto, vazava-lhe no pensamento:

*"As chamas da ilusão
devoram nossos corpos
ávidos de viver o próximo fevereiro*

*Desfilaremos
sob uma chuva de navalhas
e o chicotear do alvo paternalismo*

*Quem perguntará
se o vermelho do sangue
é mais que a fantasia da miséria?
Quem dirá..."*

Passou. As palavras iam ressoando no íntimo como pedras quebrando vidraça.

Ildebrando riu daquela marcha desesperada, e, quando Marisa quis saber o motivo, ele untou de mel as palavras e disse:

Querida Mari, você não sabe que esse rapaz que passou é um poeta?

É, já ouvi falar. Mas e daí?

Você vê como é a nossa gente: esse coitado aí é um frustrado. Tem um livro. Aliás, de péssima qualidade gráfica. Só baixo astral.

Rancor em cima de rancor, revanchismo, coitado. Você vê, a discriminação é um fato comprovado, mas precisamos nos integrar na sociedade (abraçou Marisa). *Você não acha?*
 É... – disse ela, com um acento um tanto felino.
 O título do livro dele até espanta: "Vá ver como esses negros são crucificados pelas costas". Veja que coisa absurda... A poesia não é isso (apertou a moça mais um pouco contra si).
 ...?
 Alguma coisa, Mari?
 Não – ela respondeu secamente, controlando o calor que subia. Silenciaram. Ildebrando, sem um minuto para pensar naquela situação de intimidade súbita, caminhava por luares românticos, preparando uma declaração plausível. Passou uma perua da polícia, e ele, que sempre pensava nos documentos naqueles momentos, nem sequer reparou. Aquela era a mulher de seus desejos mais obscuros. Era linda, bela, rija como as suas ânsias. (O farol de um carro jogou-lhes com força as sombras no chão). Era linda, linda, linda... Estava assim, com o peito cheio de ar, quando a loura à sua frente falou com voz magoada:
 Il, você me deixou lá sozinha?!...
 Ele caiu do céu. Era a mulher... Não sabia o que dizer... A mulher, sua esposa, parada, saída de um Fusca...
 Desperto do susto, gaguejou:
 É... é uma... uma... uma co...
 Tomou fôlego:
 É uma colega... Estava um pouco nervosa... – e quando se lembrou de Marisa, cadê? Deu as costas para a esposa a fim de achar a outra, cadê?
 Vai atrás, Ildebrando! – a esposa desabou em prantos.
 Meu bem, que é isso?... Não fica nervosa. Vamos pra casa. Eu explico a você...

Agarrou a mulher pelo braço e nem quis saber quem estava no carro espreitando.

Naquela noite a mulher conheceu o orgasmo. Tanto que nem ouviu o marido sussurrar: "Marisa"...

Depois foi aquele declínio. Ildebrando – sempre com a bela mulher na cabeça – passou de amuado a melancólico, deixando de ser poeta em prosápia. Procurou-a sem nenhum sucesso. Irritou-se, definhou e sumiu. A história de sua paixão detonada de forma tão repentina já virara, contudo, fofoca em boca de copo, entre risos e poemas lidos em mesa de bar.

OLHO DE SOGRA

Findava um dia difícil. No consultório, muitos problemas. Não bastasse a rotina dos que me envolviam com suas dores e reclamações a respeito do que me cabia (os olhos), a única funcionária ameaçava deixar tudo ao deus-dará, pois o salário estava muito pouco e as dependências do imóvel eram péssimas: torneira pingando, janela quebrada, persiana caída, tacos soltando do assoalho, vazamento no teto. Aliás, chovia.

Eu atendia a vigésima cliente daquela sexta-feira. Tratava-se de Gina Goltz da Silva. Dizia-me a tal senhora que seus olhos ardiam e que não sabia o motivo. Tivera muitos pesadelos na noite anterior e acordara daquele jeito. Tendo em vista o histórico estranho que ela me havia apresentado, gastei meus conhecimentos na tentativa de encontrar a razão daquele sintoma. Eu nada sabia de sonhos, nem tampouco podia conceber qualquer relação entre eles e o globo ocular. Contudo, era alguém que merecia uma atenção particular. Afinal, eu estava diante de uma paciente cujos olhos me eram confiados há cerca de dez anos. A região lesada apontava uma contusão, sem dúvida. Afigurava-se ter havido a ação de corpo estranho. Lembrei-me de que ela, certa vez, queixara-se de um inseto. Mas, naquele momento, não se notava sinal de picada. Talvez tivesse rolado na cama e batido em algo. Verifiquei, contudo, não haver gravidade, embora com aquela senhora eu devesse ser muito cuidadoso, pois eu já conseguira fazer-lhe regredir um processo de glaucoma, com alguma dificuldade. A faixa etária e as manifestações hipertensivas da paciente exigiam-me cautela. Uma solução a base de cloreto de benzalcônio e ácido bórico talvez pudesse ser o suficiente. Relutei um pouco, mas acabei preenchendo a receita: Dinill, o nome do colírio que deveria aliviar aquela irritação. E recomendei compressas de água fria. Entretanto, antes que eu lhe estendesse a receita, a tal senhora, olhando para o vazio, começou a falar:

Ele não presta, doutor. Imagine que ainda ontem chegou em casa bêbado e, com perdão da palavra, urinou na porta da sala! É uma sem-vergonhice. O meu é que era bom, um verdadeiro homem, de respeito. Esse? Eu bem que falei para ela, doutor: "Não case que esse moço não gosta de trabalhar." Porque eu, com os meus 70 anos, aprendi a ver de longe quem tem caráter e é trabalhador e quem não é. O senhor, por exemplo, Doutor Marcílio, desde que eu vim aqui pela primeira vez, pensei: "Esse é um moço de bem." Por isso continuo sua cliente.

Dona Gina... – eu tentei despertá-la, estendendo-lhe a receita.

Porém, ela prosseguia:

Agora, esse tal da minha filha, doutor, é um vagabundo, sem-vergonha. Sabe (Deus que me perdoe!), eu queria que um raio partisse ele ao meio. O senhor imagina, doutor, que um dia eu disse umas boas verdades na cara dele e o safado teve a pachorra de... Não leve a mal o que vou lhe dizer, que eu até tenho vergonha... O disgramado tirou a coisa dele pra fora e sacudiu dizendo que o que eu queria estava mole. Imagine o senhor, doutor, que pouca-vergonha, que falta de respeito com a sogra!

Dona Gina... – eu continuava tentando interrompê-la, mas percebia que ela me olhava, porém não me via, absorta estava nas imagens que lhe iam pela mente e nas palavras que lhe afluíam na composição daquela história.

E não foi a primeira vez que ele me fez desfeita desse tipo. É um cafajeste, mentiroso. Porque, quando tem gente perto, ele me trata com toda a falsidade. Na frente da minha filha, então, só falta me pegar no colo. Quando ela vira as costas, ele se transforma num bicho. Até beliscão já me deu. E no Natal passado, depois que ele bebeu até cair e estava pondo os bofes pra fora, eu – com pena, né? – fui ajudar e levei um sal de fruta no quarto dele. Ai, doutor, nem conto pro senhor! Um descaramento. Quando eu abri a porta, ele estava com a cabeça pra fora da cama, de bruços, parecendo que ia vomitar mais e logo ia escorregar e se esborrachar no chão. Aí eu cheguei perto e tentei levantar ele pelo ombro. O senhor nem sabe o que aquele vândalo me fez. Ah, eu fico até enojada de lembrar. Nem tenho coragem de contar. Fazer o que ele me fez... Francamente, doutor, eu não conheço um canalha pior. Imagine o senhor, eu agachada, tentando ajudar aquele porco e ele... Desculpe de eu falar, doutor... Aquele... me passou a mão na bunda, doutor! O senhor acha que isso é coisa que se faça com uma senhora da minha idade e mãe da esposa dele? Fez essa safadeza e ainda riu. Ah, doutor, eu saí, fui até a área de serviço, peguei a vassoura e voltei. Quando cheguei ao quarto, cadê? Eu fiquei tão assustada que fui até olhar pela janela. De repente tinha dado uma loucura nele e saltado, não é? Imagine!... Minha filha mora no décimo terceiro andar. Já pensou?

Trovejou forte e eu me preocupei com o retorno da dona Gina para casa. Além da chuva, anoitecia. A filha – uma bela mulata de porte senhorial – raras vezes a acompanhava até meu consultório. Eu precisava falar sobre minha preocupação, mas ante aquele turbilhão de palavras, nem eu nem a trovoada obtínhamos sucesso. A cliente que eu, na verdade, conhecia pouco era uma das mais antigas, daquelas que praticamente haviam inaugurado aquela sala de trabalho. Ela se tornara assídua, sobretudo após a cirurgia da catarata. Com aquela facectomia, eu havia conseguido meu primeiro sucesso na profissão. Era, portanto, uma paciente especial, que sempre se mostrara uma mulher reservada. Ela e a filha. Nas três últimas consultas é que desandara a falar de si, a princípio reticente, mas naquele começo de noite era uma matraca sem descanso. E foi assim que tive uma impressão ligeira de que havia um outro ser habitando dona Gina Goltz da Silva. Não que eu fosse umbandista, espírita ou de qualquer outra seita ou religião similar. É que a energia que movia aquela fala parecia demasiada para aquela senhora. A voz era límpida e os gestos agitados.

Naquele detalhe sobre a ação do genro bêbado, a minha vontade foi de rir, mais pela careta que ela fizera, ao me apresentar a questão, do que pelo fato em si. Ora, alguém passar a mão em um traseiro que já fora surrupiado de seus encantos pelo tempo não me parecia motivo de riso. Entretanto, a expressão do rosto de dona Gina era a de uma carranca com maquiagem de palhaço louco para soltar uma gargalhada. Aquela sua indignação tinha um quê de inautenticidade, de simulacro.

Fora um lapso relâmpago, contudo, a minha observação e esforço para segurar o riso. Ela sequer deu tempo para eu me recompor. Estava como que possuída por um ente falador.

Eu olhei pra tudo que era lado e não vi ele. Mais tarde, doutor, é que atinei. Aquele malandro tinha se escondido debaixo da cama, porque sabia que eu tenho dificuldade de abaixar e não podia socar ele. Agora, a minha filha é que me magoou. Sabe o que ela me disse quando eu contei? Disse que eu estava esclerosando ou, então, que eu tinha gostado. Veja, doutor, a gente só porque chega numa certa idade, ninguém mais acredita no que a gente fala. Se sente dor, dizem que é fingimento; se conta a verdade, falam que é mentira. É difícil ser velho, viu, doutor. Por isso, naquele momento, eu fiquei com tanta raiva da Jucélia que me deu vontade de dar nela de vassoura, dar as cacetadas que eu não tinha conseguido dar no malandro dela. Os filhos de hoje em dia não têm mais nenhum respeito pelos que puseram eles no mundo. O senhor viu, não viu, doutor, aquele caso da mocinha que mandou o namorado matar os pais?

Balancei a cabeça que sim, já que ela me olhara pela primeira vez depois que começara a contar a sua história. O caso, realmente, estarrecera o noticiário, sobretudo porque se tratava de gente rica de um bairro grã-fino da cidade: o Morumbi. Mas, com aquela referência ao crime, a atenção desviada para a minha pessoa fora rápida. Logo ela mergulhou no seu filme particular para traduzi-lo em palavras que borbulhavam.

Pois é, agora ninguém mais respeita os pais. E a minha filha é muito sem educação, sabe, doutor? Eu tenho medo. Já não posso mais com ela. A gente, quando não pode com quem maltrata a gente, é melhor ficar calado até quando aguentar. E eu fui aguentando o meu genro...

Ela fez uma pausa e mergulhou em um silêncio profundo. Depois prosseguiu:

Até que chegou um dia, doutor, que não deu mais. Aí eu fiz uma loucura, sabe.

Naquele momento fomos interrompidos. Ana, a minha auxiliar, despedia-se. Sorriu:

Até logo, dona Gina! – ao que a velha senhora respondeu de forma soturna.

Para mim, Ana deu um seco *"Bom noite, doutor!"* Ainda tentei aconselhá-la a esperar a chuva passar um pouco, mas ela retrucou:

Eu tenho que andar ainda até a avenida para tomar o metrô. Senão são duas conduções e eu não ganho pra isso – disse, em tom rude, e virou-me as costas sacudindo suas tranças rastafári.

Senti a alfinetada. Era a velha reivindicação de aumento salarial. Levantei-me, respondi:

Boa-noite! – e dirigi-me à cliente: *Dona Gina, aguarde-me um instante, por favor.*

Fui até o banheiro, pois estava com a bexiga cheia, tal o volume de trabalho naquele dia, que me obrigara a não sair da sala de atendimento por longas horas. Ouvi a forte batida da porta da rua. Estava começando a aliviar-me, curtindo o som do jato no fundo do vaso, quando senti algo estranho em torno. Desviei o olhar devagar, pois não queria perder aquele prazer. Uma linda borboleta azul estava pousada sobre a quina do armarinho que encimava a pia. Sua posição permitia seu reflexo no espelho, dando-me a ilusão de que ela possuía três asas. Era das grandes. Voltei a atenção ao meu prazer natural. Aquela imagem tão bela se associou ao meu alívio. Ao terminar, movimentei-me lentamente para não afugentá-la. Afinal, lá fora a chuva aumentava. Lavei as mãos sem muito ruído, enxuguei com calma e desliguei a luz. Ela se manteve inerte. Parecia, entretanto, que me observava. No corredor, imaginei que dona Gina já devia estar pronta para partir, pois, ao sair da sala, eu estendera em sua direção a receita. Mas não. Ela continuava mirando o vazio. Depois, com certa irritação na voz, continuou:

E o pior o senhor não sabe: meu genro é a cara do meu marido. Parece castigo. Um cretino daquele se parecer com o meu Samuel. Aquilo é que era homem, companheiro, fino, leal e trabalhador. E se foi tão cedo, doutor... (a voz estava embargada) *Tão cedo. Não tinha nem 60. Era um amor de homem...*

Os olhos de dona Gina reluziam. A cena emocionou-me. Já não havia o grotesco de antes. Era um rosto triste. Uma lágrima escorreu e fez um minúsculo riacho em uma de suas profundas rugas. Acostumado a analisar os olhos, naquele momento chamou-me a atenção o olhar. Inundados como estavam os olhos mostravam uma luz diferente. Concluí que eu lidara com uma fonte de mistério durante anos e só então me dera conta disso. Eu, que apenas considerava retina, córnea, íris, traumatismos, lacerações, descolamentos, nervo ótico, humores, lentes e mais lentes, estava ali diante de um olhar sem saber o que dizer. Não se tratava de uns olhos anestesiados por proparacaína para meu exame, mas de uns olhos cheios de lágrimas que diziam muito de minha própria vida tão esquecida em sua sensibilidade pelo meu excesso de trabalho, minha ambição desmedida. A contemplação a que eu me deixara levar foi interrompida bruscamente por um raio. Veio o estrondo seguido pela interrupção completa da energia elétrica. Estávamos em meio à escuridão. Preocupado, eu disse:

Dona Gina, a senhora está bem?

Foi só uma trovoada, doutor. Não é nada comparado ao que eu fiz com o meu genro. E ela continuou em meio às trevas: *Fiz o que fiz porque ele xingou o Samuel. Ele sabia que a memória do meu marido é o que eu tenho de mais caro na vida. Essa raiva que meu genro tinha de mim era porque em uma noite eu me confundi.*

Nesse ponto achei estranho que ela tivesse dito "tinha", referindo-se a alguém tão presente em suas adversidades. Meu estranhamento não era desprovido de sentido.

Confundi – ela prosseguiu – *porque eu não andava bem. Sonhava todos os dias com o Samuel. Em um dos sonhos, lembro bem, ele pedia para que eu não deixasse os dois venderem a casa. Mas não adiantava. Eles já tinham vendido e comprado o apartamento. Ah, doutor, apartamento é tão ruim! Lá, nem o meu Tequila podia andar no pátio, doutor. Era um cachorrinho tão bonzinho. Acho que ele estranhou tanto que acabou morrendo. Mas eu estava falando dos sonhos... Então, aqueles sonhos me perturbaram muito. Numa noite, a Jucélia tinha viajado para um retiro da religião dela. Aquela praga do Jesuíno não gostava de igreja. Ficou em casa. Assistia ao jogo do Palmeiras, gritando várias vezes sozinho. Quando acabou a partida, ficou vendo filme, até dormir. Depois acordou, desligou a tevê e foi dormir. Eu ali, acordada, com meus pensamentos, com medo de dormir e sonhar com o Samuel de novo me pedindo para não vender a casa que já tinham vendido. Mas veio o sono, doutor, e eu sonhei...*

Aquela pausa estava aflitiva. Eu, sem vê-la, agitei-me, tentando adivinhar a sua expressão. Minha preocupação era o olhar. O que estaria transmitindo?

Dona Gina! – chamei.

Estou bem, doutor. Vaso ruim não quebra fácil. É que, quando eu me lembro, fico pensando que podia ter sido verdade. Imagine o senhor que o Samuel no sonho estava tão lindo, todo de branco como quando a gente ia para o Centro da Mãe Cinira, a barba feita, aquela pele macia e brilhante... Meu Deus! Eu fui seguindo o Samuel, doutor, até que ele se deitou na rede que ficava no nosso antigo quintal. E me sorriu. Doutor, ele tinha uns lábios tão bonitos... Mas foi horrível. Quando eu beijei ele, escutei: "Sai daqui, velha nojenta!" Eu tinha beijado o meu genro, doutor! Eu não sei como pude caminhar dormindo até o quarto dele se eu tinha dormido no meu. E ele se levantou, me empurrou pra fora e bateu a porta. Não sei como eu aguentei aquilo. Eu estava com tanta vergonha que queria sumir, desaparecer para sempre. E, ainda, ele me chamou de velha tarada, doutor. Eu só sei que fui acordar em uma cama de hospital. Fiquei uma semana em observação. Foi por isso, foi por isso mesmo que ele passou a me perseguir. Ainda bem que não disse nada para a minha filha. Ela não sabe. Até hoje. Mas, em compensação, eu tive de comer o pão que o diabo amassou na mão do meu genro. Mas chegou um dia que eu não aguentei. Ele veio com aquela mania de fazer todo mundo de palhaço, justamente na hora do almoço. Falou: "Eh, vovó (e eu nem sequer tenho neto), e aquele dinheiro da aposentadoria? Vai emprestar pro genro querido?" Eu respondi, na lata: "Não sustento vagabundo que não para em nenhum emprego". Aí ele gritou: "Qualquer dia eu desenterro o macaco do teu marido pra você dar uns beijinhos nele". A Jucélia, que estava na cozinha, ouviu. Veio uma fera e deu uma bronca nele. Acho que mais por parte do apego dela pelo pai do que por mim. Mas eu fiquei calada, dizendo comigo: "Hoje você me paga!" E fui pro meu quarto. Era sexta-feira, o único dia, fora o sábado e domingo, que os dois almoçavam em casa. Depois ela voltava para trabalhar. Ele, que na época era vendedor de bugiganga, nem sempre ia. A discussão deles acabou e a Jucélia pegou as coisas dela e saiu. Eu fiquei me remoendo sem almoçar, de tanto ódio. Ouvi quando ele ligou a televisão. Pensei comigo: "Esse vagabundo vai dormir". Dito e feito. Passou um tempo e eu fui de pé leve até a sala. Ele dormia mesmo. Andei até a cozinha e peguei o martelo de amassar carne. Voltei e extravasei toda a minha raiva. Fiquei cega, doutor. Só lembro do sangue. Deixei o danado caído lá e saí.

Antes que ela pronunciasse qualquer outra palavra, eu saltei da minha condição de ouvinte e a interpelei:

Dona Gina, quando foi isso?

Hoje – ela me respondeu. E acrescentou: *Daí eu vim até aqui. Como o senhor viu, eu me machuquei um pouco.*

Senti medo. Eu conversava no escuro com uma velha assassina. Fria. Os criminosos odeiam testemunhas. E, naquele momento, eu passara a ser uma delas. O que havia ela arquitetado para mim? Eu seria a próxima vítima?

Meu celular tocou. Tateei no escuro até encontrar o aparelho. Agi com a atenção redobrada para qualquer movimento que dona Gina fizesse. Nada. Estava imóvel. Veio-me à mente a expressão "pé leve", que ela usara. Estaria ela se deslocando sem que eu percebesse? Senti um calafrio quando apanhei o aparelho no bolso de meu paletó que estava pendurado em um cabide atrás da porta.

Alô!

Era a filha dela.

...

Na manhã seguinte, saí de terno escuro e fui ao velório. Na noite anterior, vítima de uma encefalopatia hipertensiva, dona Gina falecera. Eu fora avisado no início da madrugada. Sentira-me culpado, a princípio. Mas tivera, até que o sol nascesse, um bom tempo para me desvencilhar do peso. Concluíra que naquele acidente vascular cerebral definitivamente eu não estivera aliado à hipertensão, não tivera nenhuma participação. Também a filha, desde que falara comigo ao telefone, fora muito cuidadosa, pedindo-me para tranquilizá-la, para dizer-lhe que tudo estava bem. Mesmo ela, dona Gina, pareceu-me segura, percebendo de quem se tratava. Disse-me, com estranha tranquilidade, assim que a energia elétrica voltou, enquanto eu atendia à ligação:

Pode falar pra ela que eu não vou fugir, doutor. Eu me entrego.

E, ao sair, logo que a filha chegou, olhou-me com ternura, despedindo-se com essas palavras:

Obrigada, doutor Marcílio. Desculpe eu ter falado muito. É que o senhor me passou confiança. O senhor se parece tanto com o meu Samuel.

No velório, notei que ela se enganara. Se o genro era parecido, eu era muito diferente. Ou então, nem ele, o que mais chorava e demonstrava desconsolo. Olhando aquele homem, com uma faixa na cabeça, fiquei refletindo sobre a ilusão que levara dona Gina a procurar em outros homens negros a figura de seu marido. Assim como o epitélio pigmentado – as células ricas em melanina que compõem a retina, no fundo do olho humano – serve para absorver a luz, impedindo que ela se disperse e seja distorcido o campo visual, assim também eu e aquele homem, indiretamente, mantivéramos, para dona Gina, a imagem viva de Samuel, sua realidade virtual. E, quem sabe, em seus momentos de lucidez, não a tenhamos decepcionado. Ela também não fugia do lugar-comum de os brancos acharem que os negros são iguais.

Não fiquei para o enterro. Além do horário que me impediria de trabalhar, ver sepultamento era algo que, desde menino, eu não suportava.

Ao despedir-me, eu sentia um grande alívio. Certamente contribuíra para isso o aspecto facial daquela senhora no caixão. Era de uma sobriedade completa. Nos lábios pouco expressivos um sorriso se insinuava.

Saí pensando na brevidade da vida. Pensava que não devia adiar as coisas. Devia reformar meu consultório, comprar um sistema de angiografia digital, trocar meu antigo oftalmoscópio, adquirir um retinógrafo novo, dar o aumento que Ana, a minha auxiliar, precisava... Estava assim, envolto pela fantasia de mudar o curso de minha vida, quando percebi que uma borboleta azul ia a minha frente, ora pousando aqui, ora ali. Quando eu chegava a meu carro, vi que uma outra, da mesma cor, estava pousada sobre o capô. Parei. As duas passaram a voar junto e se foram em meio às árvores. Ao perdê-las de vista, notei que a paisagem estava turva, depois de muitos anos. Lágrimas escorriam-me pelo rosto.

QUIZILA

Jairo, camuflado em si mesmo, limpa a vitrina da loja. Algum conhecido pode passar e vê-lo. Até mesmo Rosane, por um capricho do azar, pode vir esbanjando seu dengo e: "Que decepção! Namoro com um limpador de vidro?..." A imagem classe média que ele construíra no sábado anterior – à custa de muita lábia – cairia por terra, na lama da humilhação de sempre. Como um jovem que tinha Fusca, era universitário, morava em casa própria da família, poderia estar àquela hora da manhã umedecendo flanela em álcool para acariciar vitrina, as costas voltadas para a calçada? A perna curta da mentira ameaçava um tombo.

O frasco de plástico escorregou-lhe da mão. Rio etílico cruzando a calçada, precipitando-se do meio-fio para juntar-se com a água e sabão rumo à boca-de-lobo.

Oooooo..., maninho!? Desperdiçando "mé", meu irmão? – disse o sujeito em tom de mofa. Ria, mostrando a falha dos dentes da frente. Mãos no bolso, como quem aguarda resposta e está disposto a continuar disputa.

Jairo ficou marrudo:

Vai andando, rapaz! Se ficar me alugando, o próximo a cair é você com uma porrada na cara! – exclamou. E com o olhar projetando um ódio duro, gritou: *Vai andando, meu chapa!*

O outro se foi, resmungando:

Valente... Pensa que é dois... Hum!... Eu sou otário? Valente acaba morrendo na ponta d'uma faca.

Jairo, faça-me o favor de não se meter com gente da rua. Já te falei, não já? – era o gerente com seu azedume e um tom de enfermo. Falou, olhou a rua, virou-lhe as costas e entrou.

Merda! – foi a última palavra que ajudou a forçar a flanela no vidro para a conclusão da tarefa.

...

Moçada, vamos ver se a gente começa logo a reunião – falou Ronaldo, batendo palmas.

O negócio é o seguinte: eu acho que é preciso dar mais um tempo. Tá faltando um bocado de irmão ainda – argumentou Ventura, com voz firme de quem compete liderança.

Se vamos logo de cara ficar cozinhando galo por causa de uns caras que não têm responsabilidade, esse grupo já nasce furado. Barco a pique!

Tá legal, Ronaldo. Mas vamos dar só mais quinze minutos – interrompeu Helena, conciliando.

Os quinze minutos arrastaram apenas mais uma pessoa para a reunião, que começou com a leitura de anotações feitas em encontro anterior.

Todos ouviram a voz pausada de Carlão, o estudante de Direito, "o porta de prisão", o "doutor", nas ocasiões de elogio.

Dentre os pontos a serem discutidos, naquela noite, constava da pauta: votar o nome da associação, eleger a diretoria e fixar metas da entidade a partir de uma grande festa a ser promovida. Ao todo, eram vinte os presentes, a maior parte em idade abaixo dos 30. Alguns se acomodavam no amplo sofá, outros no chão em almofadas, ou simplesmente sentados sobre o carpete vermelho. Um círculo de entusiasmo.

Bem, terminada a leitura da ata da reunião passada, conforme havíamos combinado, vamos iniciar a votação do nome da nossa entidade – continuou Carlão.

Eu sou pelo Black Centro Afro Music, falou? – Tinho, com sua voz aguda, cortou o ar e perfurou os ouvidos. Era um jovem magrelo, terceira série do Segundo Grau, que lia tudo o que lhe caía nas mãos. Dezoito anos, em atraso com o alistamento militar, filho único de mãe solteira e pai presidiário. Dançava muito bem e pretendia criar um grupo de dança.

Ventura interrompeu-o:

Calma aí, Tinho! Tem muito mais nomes pra serem votados. Não é só o seu, não. A gente não ia fazer a relação de nomes?

Rosane, embora preocupada com a quantidade de café que a mãe preparava na cozinha e o número de pessoas a quem devia satisfazer, propôs-se a anotar as sugestões. Vários nomes desabrocharam em efervescente criatividade. Gonçalo apresentou dez, todos pronunciados com sorriso de garimpeiro depois de achar pepita.

Veio a votação, após a leitura da lista sugerida. Cada um dos presentes escreveu em um pedaço de papel o nome preferido. Rosane recolheu-os no boné de Gonçalo. Quando ia iniciar a apuração, o café chegou.

Um grande bule fumegando sentou-se sobre a mesinha de centro. Dona Benedita sorriu para todos com sua robustez simpática. As moças ajudaram-na a servir. Rosane chegou com o bolo de fubá cortado em pequenos pedaços e foi distribuindo. Primeiro ofereceu, com certo carinho, a Jairo, depois aos demais. Carmem, encostada a uma almofada, aguardava que lhe chegasse o de-comer. Não arriscaria beber o café puro. Não havia jantado. A conversa se *arquipelagou*:

Próximos à porta:

... Não sei. Porque hoje em dia falam mal do Quelé, sem reconhecer que ele é uma cria do sistema. Agora que ele não joga mais e fica disputando com a empresa dele, muito branco mete o pau.

Pô, Mário! o repórter não perguntou sobre racismo só pra ele. O Osmar César, aquele cantorzinho de merda, teve coragem de dizer que no Brasil tinha racismo. E é branco. Agora, chegou nele: "É... entende, as pessoas me criticam... entende? Mas, sendo sincero... entende? Eu nunca senti..." Porra! qual é a do cara?

E tem mais, Mário: ainda veio com aquele papo de que a primeira namorada dele foi uma japonesa... – Débora reforça a argumentação de sua amiga, Diva do Fusca.

Eu sei, eu sei... Vocês não estão entendendo o que eu quero dizer. Não estou defendendo...

Em um canto da sala:

O meu pai mesmo é branco. Mas eu saí preto. Puxei o lado da minha mãe. E me assumo. O malandro tá no xilindró. Largou nós de graça e foi cuidar da vida dele. O que eu pego corda é que a minha mãe ainda vai lá visitar. Por mim, pode morrer.

Tudo bem, Tinho, mas tem muito cara igual a você que, só porque é mais claro, já pensa que é branco, não quer se assumir. Lá na minha casa mesmo: o meu irmão casou com branca e por causa disso dá uma de fresco, entendeu? Pensa que é o tal. No casamento dele, só padrinho branco!

Teu irmão fatura alto, não fatura, Carmem?

Adivinha?...

Taí! A branca quer a grana do trouxa. Se a grana dele acaba, ela mete o pé na bunda dele. Faz igual o meu pai fez com a gente. Fez a minha mãe vender a casa que meu vô deixou pra nós e depois saiu de fininho com a grana – acrescenta, com certa ira, o dançarino.

Fora, na varanda, debruçado sobre a mureta:

Jurandir olha o céu e ensaia alguns versos de negritude em sua solidão sorrateira:

> "África, Mãe África
> *teus netos não se consolam*
> *pelo sangue derramado neste solo*
> *Teus filhos estão cansados*
> *O trabalho sem trégua carcomeu as esperanças*
> *e a força de lutar*
> *Mas a noite sorriu crianças estreladas*
> *e abriu um caminho luminoso de novas crenças*
> *Não há célula que não se contorça*
> *sob a pele de um negro*
> *sob o estalar das chibatadas dos dias*
> *Não há sonho que não amanheça podre de*
> *violência..."*

E quando o voo das imagens começa a se acelerar, vem uma voz interromper a elevação do poeta:

Jura, vamos, senão essa reunião não passa disso. Daqui a pouco, já tem gente dando no pé e não se resolve nada – argumenta Ronaldo, limpando os óculos na camisa.

O cabelo à *black-power* impecável, jaqueta de couro, calça *jeans*, tênis cano longo, Ronaldo impõe respeito com sua atitude sempre responsável. Jurandir dobra o papel. O poema fica para depois, quando chegar ao quitinete povoado de livros, onde mora só, desde a morte de uma tia com quem dividira o espaço durante dois anos.

Retomada, a reunião foi até às 23 horas, com a ausência de alguns poucos que se tinham retirado porque moravam longe. Na pauta uma grande festa a ser organizada com o objetivo de arrecadar fundos para o "Centro de Cultura Negra DO BRASIL", para que o mesmo deixasse a sala da casa de Rosane e fosse morar em sede própria.

...

No alto da ladeira pouco iluminada em que morava, Jairo já havia amolado a lâmina de um ciúme na pedra lisa da inveja. Antes de chegar ao portão de casa, estrangulou a imagem de Ronaldo com um pensamento sombrio. Tinha percebido troca de olhares...

Na cama, o sono demorou a chegar. A silhueta de Rosane passava cavalgando a insônia nos braços de Ronaldo. No sexto cigarro, a porta rangeu. Jairo tentou segurar o susto. Da porta escancarada, uma sombra acionou um clique. E disse:

Vamos sair, palhaço? Vou te mostrar que a mulher é minha e que você não tem competência para estar do lado dela. Levanta ou morre.

Saíram pela noite escura sem brilho. Era um matagal espesso, onde cipós dificultavam a caminhada. Nas costas, Jairo sentia o cano da arma. Até que chegaram a um campo de futebol, vazio. As traves, sem redes nem travessão, eram fantasmas em posição de sentido. Um vento frio soprou folhas de papel. Chegaram à grande área.

Carrega o teu destino, estúpido! – veio a voz incisiva e foi-lhe entregue uma enxada. Seguiram até a marca de pênalti.

Agora vê se cava o teu buraco!

Jairo cavou até sentir-se em um poço fundo, bem fundo. Lá de cima, a sombra sorria. Parou, apontou a arma e atirou. A dor queimou Jairo na perna. O poço foi fechado e a voz saiu do embolado da garganta:

Ronaldo, filho-da-puta!

Só a brasa do cigarro lançado contra a parede foi a testemunha ocular no escuro do quarto. Do outro lado da parede, o pai começou a pensar que o filho andava também com sérios problemas.

...

Sinal vermelho, ela pisou no freio. Acendeu um cigarro e respondeu à pergunta:

Eu não conheço o namorado da Rosane. Não sei qual é a dele. Mas mesmo não conhecendo, ainda acho melhor do que o Ventura.

Diva, pra cuidar de dinheiro, tem que botar gente conhecida. O cara não é muito chegado. E parece que anda sempre mal-humorado – Gonçalo insistiu.

Mas não adianta nada ser conhecido e não ter responsabilidade. E isso o Ventura não tem mesmo! – adiantou Carmem, respondendo a Gonçalo.

E de mais a mais, a gente percebe que o Ventura quer ser o bom do grupo. Viu só aquela história de querer ficar dando aula de Sociologia pro Ronaldo? – falou Diva do Fusca ao volante, segurando o cigarro entre os dentes.

E ainda saiu enrolado. Confundiu Abdias do Nascimento com Florestan Fernandes... – falou Debóra, entre risos, em um canto do banco traseiro.

Eu sei... Eu não estou dizendo isso pra botar o Ventura de tesoureiro. Mas tem gente mais conhecida, é isso que eu quero dizer. Não sei, é só uma ideia. Por que, ao invés do Jairo, não colocar o Jurandir?

O poeta? – ironizou Carmem.

Aquele cara não dá! Muito desligado. Tá bom pra escrever... – acrescentou Diva, engatando uma primeira e dando um arranque com pé-de-chumbo no acelerador.

Escuta: e aquela ideia do Carlão de a gente fazer um jornal?

É, eu acho uma boa – disse Gonçalo, meio desconsolado com o desprezo que as colegas deram à sua desconfiança a respeito de Jairo.

Débora, entusiasmada, continuou desenvolvendo a ideia:

A gente pode transar propaganda de salão black, bailes... Podemos fazer uma campanha de assinaturas e, mais o lucro da festa,

dá pra garantir a primeira edição. Eu posso falar com o meu tio que é revisor da Folha e ele dá umas dicas.
    Só aceito se o editor-chefe for o Ventura, ah! ah! ah!... E o tesoureiro o po-e-ti-nha...
    E as colegas acompanharam a chacota feita pela motorista. Gonçalo fechou a cara e ajeitou o boné. Era o único homem dentro do Volkswagen vermelho. Empertigou-se no banco da frente e emudeceu até o fim da carona. Ao descer, disse secamente:
    Tchau, pessoal.
    Sua ausência no veículo foi alvo de comentários jocosos.

...

    Luzes multicores piscando insistentemente na penumbra. Gestos soltos, descontração impregnável. Uma tonelada de som com o ritmo, a voz aveludada, o balanço de Barry White. Roupas coloridas, contrastes luminosos. O riso rebolando entre os lábios carnudos. Ondulante mar de juventude e uma clareira ao centro, o espaço circular da exibição individual de novos passos. A inventividade dançante explode movimentos harmônicos. Rodízio... Corpo não é corpo, o ser é tudo. Elasticidade muscular, indivíduo e grupo, parte e todo. Amargura da vida dissolvida no suor e no calor que banha o salão com a vibração rítmica. Orixalidade manifesta no frenesi das pernas. Expressões antigas vêm do adormecido das lembranças para tomar assento no que entrelaça todos, na densa frequência de uma identidade semeada pelos séculos. Um instante de silêncio traz o grito sanguíneo de James Brown, que viaja em uníssono pelo ar. O círculo central ganha o clímax. Tinho vibra como um beija-flor eletrizado de magia. Já não dança. É uma comunicação plástica em transe de luz negra.

Próximo do bar, sem permitir que o ritmo penetre em seus poros e libere a respiração das raízes abafadas, Mário argumenta ao ouvido de um amigo:

A herança africana se fundamenta no corpo e por essa razão é possível consolidá-la inteiramente apenas no futuro, quando houver as condições materiais para a satisfação básica da vida. Dessa forma, a negrada vai sofrer muito, enquanto não for estirpada a espiritualização vigente que detesta o corpo...

E, no exato momento em que diz ser preciso "criar novos mecanismos para que a cultura reaja à europeização asfixiante", o verde do *peeperman* salta-lhe da boca e vai manchar a camisa do ouvinte. Mário sai apressado com uma revolução etílica no estômago.

Fora do salão, alguns casais que por ali namoram olham-no penalizados. Outros riem. Mário se contorce com o problema de sempre. Ir a bailes é um sacrifício. A dança tenta seduzi-lo, mas ele não se entrega. Filho de protestantes, recém-liberto da prática religiosa, mantém no seu íntimo a firme disposição de lutar contra a voluptuosidade. Ao senti-la no rebolado cadenciado dos outros, põe-se de guarda e vai buscar auxílio no poder do álcool. Encontra. Quase sempre, porém, as apreciações e conjecturas em que se deixa ir, avaliando o valor da cultura negra, a natural tendência da raça para dançar e outras nuanças em prol do orgulho afro, terminam em tumultuosos vômitos. Mas, só assim, sai da constante postura hirta de quem nasceu flor, mas cresceu pedra. Nesta noite, nada diferente. Nos últimos solavancos do ventre, sente em seus ombros o abraço de Jurandir, o poeta:

Melhorou, Mário?

Já. Não foi nada. Deve ter sido uma sardinha frita que eu comi no bar...

O Jairo tá te procurando. Você não ficou de ajudar na portaria? Corre lá, que parece estar dando problema.

Mário respira fundo e vai.

...

O sujeito caminha pela rua, em meio à areia movediça de sua embriaguez. Entusiasma-se com o som e para, tentando fixar o guichê da bilheteria, bipartido em sua visão alterada. Tateia, até sentir a abertura por onde sai a voz inquiridora:

O que foi, tio? – é Ronaldo, depois de interromper as contas com Carlão.

É o seguinte, cidadão de cor: eu, tá m'entendendo?, sou um preto positivo. Vou te contar uma coisa, a vida foi feita pra gente tê alegria... Tô certo ou não tô?

Em tom brando, mas com a firmeza de uma ordem, Carlão dirige-se a ele:

Tudo em paz, amigo. Mas é melhor você ir descansar. A bilheteira já fechou. Colabora com a gente.

...! Não senhor. Eu também quero entrá. Não fechô coisa nenhuma. Ocê, negrão, vai querê deixá um patrício pra fora? Eu tenho filho da tua idade, compreendeu?... E não vou admiti isso! Tá parecendo que nem é da raça!?...

Carlão duvidolha para Ronaldo, que toma a palavra:

Olha, tio, faz o seguinte: paga o ingresso e entra no baile. Mas sem perturbação lá dentro, certo? Tá legal? Logo mais a gente bate um papo, ok?

Agora gostei. Pode contar comigo. Sou negrão, e não abro! Gente fina. É ou não é? – volta-se para dois jovens vindos de outro baile a fim de aguardar a liberação da bilheteria que os permita entrar sem pagar.

Dois sorrisos entusiasmam o homem. Ele tenta dar alguns passos, lembrando sua mocidade perdida. Desconjunta-se em disritmia, mas tem seu tombo amparado pelos rapazes. Volta em direção à bilheteria, paga, recebe o ingresso, sorri largamente para Ronaldo e vai – polvo no ar – a caminho da portaria.

Jairo reage de cara amarrada, fumando as violências do dia-a-dia:

Pode ir dando o fora que aqui não entra bêbado!

A madrugada se faz grande e estrelada. Até agora Jairo teve inúmeras discussões com o pessoal que pretendia "falar com fulano ou fulana do Centro de Cultura Negra do Brasil" para ver se ludibriava o preço do ingresso.

O negócio é o seguinte: aqui ninguém entra de graça. Se quiser, tem de passar na bilheteria primeiro. Não chamo ninguém e nem adianta encher o saco! – despeja seu mau humor que, inversamente, aumenta. Não consegue esquecer o recente desemprego. A discussão com o gerente foi forte. Pouco faltou para chegar às vias de fato. Quando escutou:

Você tem sido muito respondão aqui no serviço, ouviu, Jairo? Ou você para com as suas negrices ou...

Ou o quê? Negrice é a puta que te pariu! Quer mandar embora, manda logo, porra! Mas vê se larga do meu pé que eu não gosto de bicha.

Está despedido! – gritou o gerente, vermelho, profundamente atingido na sua intimidade bem trajada.

Jairo caiu em si. O orgulho, no entanto, impediu que ele se curvasse. Pegou suas coisas e saiu ao encontro das dificuldades...

E o bêbado ainda vem mostrar o ingresso e, como quem busca simpatia, argumenta:

Que é isso, patrício? Eu até te conheço ali da Tipografia Gonçalves...

Sai daqui, já falei, pinguço! – Jairo dá um forte empurrão no outro que se estatela na calçada.

Da bilheteria, Ronaldo sai apressado:
Ô, Jairo! deixa o cara. Não vê que eu vendi ingresso pra ele?
Pô! pra que vender ingresso pra bêbado?
Não vê que o cara é um negro? Só porque o homem bebeu, você já vai pôr ele de lado? Temos que assumir um sujeito desse. É nosso povo!
Se você tá a fim de aturar pinguço, fica aqui na portaria. E vai tomar no seu cu!...
Calma aí, rapaz. Não tá falando com teu pai, não.
Olha aqui, meu, já ando invocado contigo há muito tempo. Se tiver alguma coisa pra acertar, a gente acerta agora.
Tá de bronca porque não ficou de tesoureiro? Tô sabendo qual é a tua, malandro...
'Cê não vai folgar comigo, seu nego besta!
Carlão, preocupado que a renda do baile mal vai dar para pagar o aluguel do salão e a equipe de som, aproxima-se correndo para tentar conciliar, mas antes que ele chegue, Jairo dá um murro e faz sangue na boca de Ronaldo que vai ao chão, mas levanta-se e parte como um touro.

Combalido pelos vômitos, Mário chega ligeiro e entra também no bafafá para separar os contendores. Uma avenida vermelha no rosto coloca-o de lado. Um canivete é manipulado. Rosane, um grito na garganta, aproxima-se com as mãos no rosto. O poeta tenta apartar à distância, com palavras emboladas. Ronaldo cai de novo, mas desta vez com a mão na barriga. Jairo ameaça a todos e, como ninguém se atreve, desfere um chute no bêbado (ainda caído) e dá no pé. Ventura chega à frente de outras pessoas. Explode palavrões, maldizendo o baile e vai abrindo a roda feita em torno de Ronaldo.

...

O telefone tocou. Jurandir atendeu, afobado:

Alô! Alô! Alô!
É o Jurandir?
É ele... É ele sim...
Calma, irmão! É a Débora...
Fala, Débora! Como é que está o Ronaldo e o Mário?
Tudo bem, tudo bem... Eu fui ao hospital hoje. Tudo bem. O Ronaldo deve sair logo. O Mário nem precisou ficar.
E o Jairo, Débora, acharam ele?
Antes de a gente levar o Ronaldo, foi decidido ninguém dedar. Ele está sumido. O Carlão, o Mário e até o Ronaldo ajudaram a engrupir os home. Ainda bem que não fomos pedir nenhum guarda pra segurança do baile. Pra todos os efeitos, não foi o Jairo, certo? Foi um marginal qualquer que passou lá.
Quando eu voltei, você já tinha ido levar os dois pro hospital, mas o Gonçalo me deu toda a dica.
O difícil foi dispensar aquele pinguço... Mas você se arriscou de sair correndo atrás do Jairo, Jurandir. O cara estava armado...
Ele pegou um ônibus. Eu segui com um táxi, mas perdi ele de vista. Deve ter descido... Na volta, não encontrei você... Bem, não posso ocupar muito tempo o telefone. Dá pra gente se encontrar hoje?
Dá.
Eu saio daqui do escritório às 6 horas.
Eu passo aí.
Tá bom, Débora. Você vai estar aonde?
Te espero lá embaixo, na porta da livraria. Tchau!

A tarde foi se curvando toda sorridente. Jurandir saiu feliz com um poeminha quente de emoção no bolso. Esperou, esperou, esperou e acabou arquivando um por um os devaneios. Débora... nada! Cano! Quando o calor especial que lhe massageara o peito se foi, ele se retirou do local. No ponto, teve ímpetos de rasgar em pedacinhos o poema. Alguma coisa o conteve. O ônibus, que demorou um tempo cheio de vazios, quando chegou, trouxe, dentro, o Ventura. Discutiram a respeito do próximo passo do Centro de Cultura Negra DO BRASIL.

Esse negócio de ficar com cultura não leva a nada. O pessoal não percebeu que o negócio é política. É isso que decide. É isso que resolve.

Mas ninguém tá dizendo o contrário, Ventura!?...

Não dá, rapaz. Ficar com aquelas reuniõezinhas bestas... Sabe duma coisa, isso já encheu o saco! O negócio é denunciar o racismo, fazer movimento de massa, passeata, pressionar essa sociedade capitalista e racista.

Mas a cultura é um meio...

Ah, Jurandir... O meu ponto está chegando... Você não passa dum poeta, cara! Tchau!

Naquela noite, Jurandir adormeceu pensando violências contra tudo e todos. E um desprezo aguçado contra a mulher de seus desejos. De madrugada, sobressaltou-se em meio a sentimentos contorcidos e sentou-se no sofá. O réptil da criação veio enrolando-se para dar o bote... Jairo surpreendeu-o:

Jurandir, acho que eu vou me entregar pra polícia.

Não, Jairo! Você fica aqui em casa mais uma semana. Estão pensando que você sumiu – disse o poeta, em tom incisivo.

O outro, deitado sobre uma cama-de-vento, atrás do guarda-roupa, retornava às suas preocupações debaixo das cobertas. Jurandir tateou lápis e papel no escuro. Mesmo sem enxergar o que está rabiscando, deixa-se levar no turbilhão do poema: "Meu ódio é um cão danado
    babando estrelas no chão da noite
    E há de ficar sarnento de alvorada
    pra morrer de agonia
    na fornalha azul do dia..."

TOQUE-TE-ME-TOQUE

ABRE AS MÃOS. O QUE ESCAPA, POEIRA DOS POROS, VOA. A ALMA DE MARCELO.
O TEMPO TROPEÇA E CAI NA POÇA DE TUAS LÁGRIMAS. QUASE UM ANO DE JEJUM. AINDA MANTÉNS A CAPACIDADE DE GOZAR?
ALGO EM TUAS MÃOS DÁ VONTADE DE PRENDER. MAS SABES, MILTON É ÁGUA. ESCORREGA. PASSA ENTRE OS DEDOS. LAVA E SE ESCOA SE O PERMITIRES.
ESPERA. TUAS MÃOS SUAM NAS PALMAS. ELE NÃO ATRASA. SABES DISSO. MEIA HORA FALTA. POR QUE CHEGAR TÃO CEDO AO BAR? O CHOPE VAI ESQUENTAR SE NÃO BEBERES. GOTAS ESCORREM NO COPO PUXANDO RABICHOS. LINDO. A TARDE CAMBALEIA VERMELHA. A NOITE NEGACEIA. O PASSADO AMEAÇA SENTAR-SE À MESA. TENHA CALMA.

O primeiro gole:
Me deixa, Marcelo!

SIM, NÃO QUERES LEMBRAR. OUTRO GOLE? IMPOSSÍVEL ESQUECERES AQUELA FRASE:

Você é fria. Não sabe amar. Vá ver pornografia. Quem sabe, aprende.
Está bem, Marcelo. Vamos conversar.

MELHOR ASSIM. ESTE MORTO ESTÁ MUITO CARENTE. ELE SE APROXIMA COM SUA CARGA DE VAZIO. NÃO TENHAS MEDO DELE. AS ANSIEDADES ESTÃO PRESAS NAS ENTRANHAS.

Sempre amei todas as mulheres. Não me entende?
Entendo, Marcelo.
Então, por que não me perdoa até hoje?
Não consigo. Já tentei, mas é impossível. Tenho orgulho.
Orgulho de possuir. Não sabe que eu não podia ser propriedade? Ninguém pode.
Não era mais honesto ter me dado o fora?
Eu não disse que desprezava todas as mulheres. E não eram todas. Eram algumas. Eu disse que as amava. Quem ama não dá o fora no ser amado. Você foi a terceira da minha vida. Mas foi da minha VIDA.
Como é que eu podia admitir isso?
Amando.
Como?
Quando eu tinha carne e osso e dinheiro no bolso, você se perguntou, fez esse questionamento intimamente? Fez?
Não. Quando eu descobri...
Deixou o ciúme reinar, o ódio imperar. Eu não era uma coisa em suas mãos. Como amar um pássaro voando no céu? Era sobre isso que você devia ter refletido.
Talvez... E agora, como eu posso reparar o dano? Diga. Eu não aguento mais...
Peça mais um chope. Quem sabe, a minha presença vazia não a incomode tanto...
Está bem. Vou pedir. Mas vou pedir dois chopes.

Só porque eu não posso beber mais?
Ainda sente vontade?
Apenas de beber o seu perdão.

NÃO TE IRRITES COM ELE. PEDE OS DOIS CHOPES. ELE ENTENDERÁ. E SÊ MAIS PACIENTE. QUEM SABE, CONSIGAS TER UMA NOITE ATÉ MESMO AGRADÁVEL.

Garçom! Por favor, dois chopes.
...?
Não. Traga os dois juntos. Um com colarinho e o outro sem.

Você ainda lembra detalhes...
Claro que lembro. O "colarinho" era questão de honra, não era?
Bobagem.
Era um traço que em você eu gostava muito, esse amor pela espuma...
Gostava...
O que posso dizer? Você está morto. Sofreu o acidente, bateu a cabeça, ficou em coma... Esqueceu? Morto perde a memória?
Não, vira passado, passado preso no presente dos vivos. E, então, por que não me perdoa e admite que amei você até o fim?
Não precisa gritar, Marcelo.
Ninguém me ouve.
Eu ouço.
Pode deixar de ouvir quando quiser.
Eu gostaria de ter deixado há muito tempo. Só que alguma coisa muito forte impede. Você pode me ajudar?

É esse orgulho! Puro orgulho e puritanismo. E sabe o que mais? Inveja! Você só namorou babaca. Garanto que nem chegaram a te dar um só orgasmo. Você se lembra do Nestor, do Vítor, do Otávio? Pareciam feitos de cera. Eles tinham tesão, por acaso? Foderam com você? Foderam?

    O garçom se aproxima.
    Obrigada! Você me traz um Free, por favor. Não tem?
    ...?
    Está bem. Pode ser esse mesmo.

    Você está fumando muito.
    Pra ficar carregando defunto boca-suja o tempo todo, só fumando, bebendo...
    Vai tomar droga pesada também? Hein? E depois eu que vou ser o culpado? Não sabe que morto não tem culpa?
    Se não tivesse, você não estava aí com essa conversa que me dá nos nervos. Vive me perturbando... Inclusive, quando eu menos desejo lembrar que você existiu.
    Eu "vivo" perturbando... É engraçada a sua linguagem. Mas é terrível a sua dureza. Quando eu falo em culpa, é à culpa adicional que me refiro. Não a isso a que você me submete. Só há culpa real quando não há perdão. Só a persigo neste curto período por causa disso.
    Os sentimentos, os sentimentos, os sentimentos... Você é capaz de supor o que eu senti naquela noite, Marcelo?
    Por essa razão, eu estou aqui. Eu sei e já disse.
    Só me acusou. Como se eu gostasse de viver tomando chope com você, depois de nove meses do seu enterro.
    Aliás, você já bebeu o seu. Está se tornando alcoólatra. Vai beber o meu também, com a mesma pressa?

Antes preciso falar alguma coisa a você. Algo que, talvez, por medo, eu deixei de dizer. Isto é, se você não ficar me interrompendo como sempre fez e faz.
Vai me perdoar depois? Vai?
Não sei. É difícil tocar nisso. É muito difícil. Você precisa ficar em total silêncio até eu terminar. Depois, se resolver gritar para me torturar de novo, pode. Aceitarei todos os seus protestos. Você concorda? Não vai me interromper? Diga pelo menos "sim". Não quero e nem posso ser interrompida.
Sim.

NÃO TERGIVERSA. DIZ TUDO A ELE. É PRECISO CORAGEM. NÃO TERÁS A MESMA OPORTUNIDADE. OS MORTOS NÃO TÊM MAIS NADA A PERDER. SÓ PODEM GANHAR.

Sabe, Marcelo... Naquela noite...

VAI EM FRENTE. TUDO JÁ PASSOU. É SÓ LIMPAR ISSO QUE VIROU SUJEIRA. CONTINUA.

Troveja. As pessoas, na calçada, agitam-se. Os automóveis ganham maior aceleração. Escuros gigantes, em luta corporal, povoam o céu. Os relâmpagos tornam-se cada vez mais visíveis.
Quem visse aquela jovem diante dos dois copos de chope, certamente concluiria que ela bebeu demais ou ingeriu alguma droga. Completamente vazio de outros clientes, o quadro torna-se singular. Vestida de branco, entre as mesas vermelhas, lembra um manequim, tão absorta se encontra. Não será atingida pela chuva que vier. O dono do estabelecimento já saiu de

seus afazeres internos e, com a ajuda do garçom, puxou o toldo que isola da rua o grande galpão coberto por telhas de barro e vidro. A atenção dos dois dirige-se para o início da chuva. Têm os olhos fixos no vão de entrada e saída do ambiente. A moça prossegue em seu mundo, indiferente à hora e ao céu ameaçador.

Eu pensei que ia conseguir saltar. Faria vocês dois felizes ou culpados para sempre. Bem... Pra você... Pra você que já morreu, só resta saber... Agora até entendo aquela sua história de não querer casar, casamento era bobagem... Não é fácil perdoar você, se ao mesmo tempo eu não perdoar Suzy. Espantou-se? Não, não fui fazer pesquisa para saber o nome da tal moça. Escute bem, Marcelo. Antes, muito antes de vocês dois subirem naquela cama em busca de prazer, nós tínhamos vivido muitos orgasmos em outras tantas camas. Nós, digo, eu e Suzy. Calma! Você prometeu não falar. Não é mentira. Ela era muito melhor que você. A ausência de uma haste nunca impediu uma mulher de chegar ao prazer com outra mulher. E mais, eu a amava profundamente. Mas me traiu. Vocês me traíram! Depois que ela foi para o manicômio... É, está louca, completamente louca! Nunca mais a vi. Nem vou ver. Só tenho notícias. Eu quis me matar para me vingar de vocês dois ao mesmo tempo. Brancos nojentos! Por que você não me deixou saltar do prédio? Por quê? Eu que devia ter morrido e vocês ficarem com a culpa.

A chuva desaba. O copo cheio trinca várias vezes. Parte-se por fim. O líquido amarelo escorre em direção à moça. Um jovem negro, com as roupas um pouco molhadas, adentra o restaurante. Vai em direção a ela.

Sueli! O que houve?

ENXUGA AS LÁGRIMAS. INVENTA QUALQUER DESCULPA. TUDO ESTÁ BEM AGORA.

Oi, Milton! É que... Bem...
Cuidado! O chope vai te molhar o vestido.
Sueli ergue-se. Acolhe-se nos braços do rapaz e, por fim, nos lábios. O chope derrama no chão, ferve sobre a cerâmica e evapora-se.

DUPLA CULPA

Cândido matou o dono do bar com dois tiros na cabeça. Gota d'água: caderneta de conta fiada.

Mas que litro de vinho é esse que está anotado aqui, seu Joaquim?

Oh, meu caralho! Sempre que vens pagare queres criar caso! Dest'jeito não t' vendo mais fiado. A partir de hoje acabou. Só a dinhairo.

Olha aqui, português, já ouvi essa lorota um bocado. Se quer vender, vende. Se não quer, enfia a tua mercadoria no rabo.

A expectativa arregala uma dezena de olhos. No termômetro da conversa, as palavras ultrapassam a febre. Joaquim ferve:

Eu vou enfiar tudo é no rabo da tua mãe.

Vai à puta que te pariu, que ninguém fala da minha mãe assim, seu filho-da-puta!

Pagas o que me deves, depois cai fora! Que eu já te chamo a polícia já.

Eu vou é te meter a mão na cara! Sai daí de dentro, ladrão! Quer me roubar. Nunca comprei vinho nenhum. Sai! Sai que eu vou te ensinar a não pôr a minha mãe no meio da conversa. Sai, veado! Corno!

Veja lá qu'estais a me deixar nervoso, macaco do caralho!

Se não sair eu vou aí te buscar!

O dono da padaria salta o balcão com uma enorme faca. Não tem chance. O outro já sacou o 32.

Cândido caiu no mundo.

Depois de tanto subir e descer de ônibus, caminhou por um bairro longe, desconhecido, o revólver na cintura, coração esmurrando o peito e a imaginação torpedeando cenas de sofrimento futuro. Tinha passagem pela polícia. Quando o pegassem, iam na certa "arrepiar" de porrada. Cenas passadas vinham gritar: "Cuidado!"

Olhar se encompridando para frente, para trás. Um carro da polícia vira a esquina. Descem guardas com metralhadoras e... Não. A rua está deserta. Precisa controlar a imaginação. São esses medos, esses pensamentos fortes querendo ser realidade. "Tenho de achar um lugar pra ficar, senão estou fodido. Me embocar no mato não dá pé. Se alguém vê!... Além disso, onde eu ia parar? Agora, pra todo efeito, sou um trabalhador qualquer, carteira assinada, vestido como gente. Porra, preciso saber que lugar é esse. Será que vai chover? Se chover, danou-se!"

Adiante, um bar. Risadas. Vai chegando. Três homens discutem futebol. Zombam uns dos outros.

Domingo, se o Peixe meter a botina, vai lá o Timão e faz gol de falta, ah... ah... ah... Duas bolinhas na rede no primeiro tempo e mais uma no segundo.

Nada, rapaz! São Jorge vai cair da lua com dragão e tudo. Bem na boca da Baleia, tá legal!? Aí já viu, deixa que a moçada da Vila Belmiro dá de goleada, ah... ah... ah...

Marinho, bota mais duas Antártica. Mas, Romeu, que o teu timinho tá mal, tá... Até a Ponte Preta pescou Baleia!

Calma aí, meu chapa. 'Ce viu o jogo? Viu? O Santos jogou dez vezes mais que a Ponte. Aí, o que deu? Um pênalti roubado!

Ah, sai dessa!...

Conversa suspensa. Reparam aquele sujeito parado à porta do boteco, o espanto estampado no rosto. Cansaço bombeando a respiração. Na cintura, percebia-se o volume da arma. Os homens desviaram os olhos.

Bebe aí, Cirão. Toma aí, Geraldo.

É... – diz o último – *vou tomar essa aqui e vou jantar, senão daqui a pouco a mulher manda o moleque vir me encher o saco.*

Mudaram de assunto. Cândido dirigiu-se até o dono do bar e pediu:

Uma pinga e dois maços de Hollywood.

Foi servido. Ávido, bebeu em dois goles e:

Dá mais uma. Pode encher.

Os três fregueses pagaram suas contas e se retiraram, comentando baixo sobre a presença estranha. Cândido, sentindo-se com coragem, perguntou:

Onde é que tem ônibus pro centro? Sabe? – e atentou para a resposta trêmula do homem gordo e branco, bastante enrubescido atrás do balcão.

O senhor sobe aquela rua ali, quando chegar na igreja, o senhor vira à direita que o senhor chega direitinho no ponto final do ônibus. Ele vai até a Praça da Bandeira.

Cândido agradeceu, pagou e saiu para a rua sem asfalto, sob o efeito da cachaça, fumando. Menos medo de polícia.

No ponto do ônibus, um fardado. Polícia Militar. O pensamento se pôs em guarda. Cândido disfarçou como pôde a arma na cintura, cobrindo-a com a camisa para fora da calça. A imaginação iniciou suas peripécias. "Vai ver que já descobriram. Devem estar fazendo o cerco."

Os pés, chumbo sobre o chão, pensou em lançar fora o revólver. Um grito de sirene saiu da lembrança. Era o tempo dos bailes. Seus 20 anos seguia ao balanço da *soul music*. Participara de um grupo de dança premiado em alguns concursos. Em um deles, foi que levou, logo à saída, a primeira prensa da polícia.

Mão na cabeça todo mundo! Encostado no muro! – gritavam os investigadores.

Houve a revista. Cândido tremeu quando um tira colocou a mão no bolso esquerdo da sua calça e dele tirou um pacau de maconha, que ali nunca estivera antes. Um peso violento sobre a nuca, um puxão pelo colarinho. Foi arremessado contra a viatura.

Fumeta! Vai explicar onde conseguiu isso. Guarda o neguinho lá dentro!

Quis gritar: "Não tenho nada com isso. Nunca usei droga. Você que pôs no meu bolso..." Mas o grito não saiu. Assim, como tantos outros, ficou retido em um novelo de angústia bem dentro de si. Empurrado para o interior do veículo policial, sentiu a presença de outras pessoas no escuro, a respiração do medo e da dor. Foram três dias de cadeia, apesar da presença constante da família na delegacia. Foi torturado e presenciou de frente o sadismo dos policiais.

Agora, a situação passada parece vestir, com muita justeza, o seu presente. O fardado se mexe e levanta o braço, espreguiçando-se. O ônibus estaciona. Cândido é o primeiro a entrar. O policial segue-o, mas fica, contra a norma, acomodado em um banco dianteiro, garantindo seu direito de não pagar passagem. A distância entre ambos – mais algumas pessoas se interpõem – deixa Cândido mais aliviado. O motorista fuma, conversa com o cobrador e, em seguida, coloca o veículo em movimento.

Quinze minutos por ruas tortuosas, o ônibus recebe dois jovens passageiros. Um pela entrada comum, dianteira, força o motorista a abrir a porta de trás, por onde o outro adentra. Apontam os revólveres:

Ninguém se mexe. Se mexer, nós queima. Vamo!... Todo mundo passando a grana.

O policial se avermelha com a afronta. No primeiro banco é desarmado rapidamente. O mesmo assaltante volta-se novamente para o motorista:

Sai daí, xará! Não banca o espertinho não, senão a gente te detona. Lá pro meio! Todo mundo lá perto da catraca.

Golão – diz o outro – *você pescou um "meganha"...*

Cuidado com ele! – diz o primeiro e volta-se em direção a Cândido: *'Cê aí, negão, pode levantar! Se vai dar uma de marrudo, queimo já.*

Cândido levanta-se e segue em direção à roleta como os demais.

Espera aí, meu chapa! A grana! E me dá esse "berro" aqui também, malandro! – e tira-lhe o revólver da cintura.

Ao todo seis pessoas. Todos homens, olhos saltados esperando o pior. Um dos bandidos diz, em tom jocoso:

Pirulito, vê se o meganha tem algema na cintura.

Tem sim.

Então, prende ele na roleta.

O outro, depois de se ter apossado de todo o dinheiro do cobrador, cumpre a ordem. O policial, fera acuada, tem os olhos injetados de humilhação, ódio e medo.

Por fim, os ladrões saem como haviam entrado: armas apontadas, bradando insultos e ameaças. A rua escura e despovoada é o cenário de abandono dos passageiros. Já fora, os dois jovens atiram contra o para-brisa do veículo e correm noite adentro. O medo havia enlaçado os assaltados. Todos se abaixam pensando novos tiros. O guarda vomita um palavrão. Cândido, depois de empurrar o motorista, sai em desabalada carreira. Alguém grita:

Pega! Pega! Pega!...

Intensa fuga. Perde-se de novo entre becos e ruas, subidas e descidas. Depois de atravessar o interior de uma favela, caminha por uma alameda iluminada, em bairro de classe média.

Uma sirene rasga o ar em sua direção. A luz forte do holofote projeta-se sobre ele. Quer correr, mas em um ímpeto salta o muro de uma casa e cai sobre a relva com um tiro na nuca.

TRAJETOS

Caminhávamos por entre as risadas afiadas. Naquele túmulo, a nossa respiração era o sinal da teimosia que irritava o coveiro e os donos do nosso enterro. Estes exercitavam exorcismos os mais variados. Cada passo rumo ao Não-Ser era fabricado fora de nossa cova.

João hesitava, Nino resmungava, chutando a esperança que se enrolava faceira ameaçando botes no chão movediço, e eu pensava em todas as possibilidades de não fenecer.

Caminhávamos, entretanto, respirando de teimosos por entre a densidade neblinosa do caminho.

Em um dado momento, encontramos um velho que fumava o amor em um cachimbinho de barro feito com prazer. Dava passadas, ginga leve, em direção contrária à nossa. Sorriu e iniciou uma fala mansa, porém segura:

Eles disseram tudo e vocês acreditaram. Só uma ponta que eles esconderam é que a respiração de vocês conseguiu segurar. Assim é a chamada civilização deles. Camisa-de-força no sentimento e cinto de castidade no gozo. Fizeram vocês remar a própria doença que foi se apropriar de vocês mesmos. Eu venho de lá do Não-Ser. Subi na vida, deixei de sambar, cantar, rir alto, dançar o interior, gozar sem limite, meti a gravata da ganância... Se não fosse a teimosia do pulmão, tinha pegado uma doença ruim qualquer, daquelas que nem o dinheiro retido nos cofres da pobreza de se dar teriam dado jeito. Se quiserem continuar, continuem. Eu, de minha parte, estou voltando. Creio que ainda acho o caminho do cemitério. Chegando

lá, vou escrever o seguinte epitáfio: **Paro de morrer. Só assim a humanidade renasce. O caminho tá cheio de piso falso, areia movediça, laço na espreita. Aprendi no tato.**
Dito isso, desapareceu, mergulhando na neblina em sentido contrário ao nosso. Começamos a tropeçar e a tossir. João soltou a voz e sua trajetória, de moleque engraxate a gerente de banco, contorceu-se brilhante à nossa frente, exibindo os seus tumores malignos. Filho de pai alcoólatra e mãe carola, extremamente frágil em sua expressão física, João foi, desde cedo, atraído pelo suicídio violento ou pelo seu contrário, o que alterava de tempos em tempos. O pai acabou sendo enterrado como indigente e a mãe morreu tuberculosa, sem antes, contudo, ter deixado de cumprir seu intento: meteu o filho e suas crises em um colégio interno, com um tutor, a quem deu todo o dinheiro de um bilhete premiado. O desejo de viver desapareceu no garoto e a atração pelo suicídio tornou-se mórbida, lenta. Crescido, foi para o mundo. Seus desejos atrofiados logo se transformaram em fonte de riqueza. Guardava dinheiro como se guardava para o amor. Estudava para galgar novos e mais compensadores postos. Gerente, casado, filhos como investimento, propriedades, e eis que uma mosca-varejeira, verde muito verde, alcançou seu peito e nele depositou os germes de uma paixão. Enfartou-se e foi ter comigo e Nino em um hospital.

A trajetória de João apagou-se e ele se pôs a chorar. A minha acendeu-se rebolando. Havia eu nascido em um berço de lata dourada. Desde cedo, incentivado pela família, procurava o mundo branco. Nunca desfilei em escola de samba. Macumba? Gastei muito dinheiro em psicanalista, mas não dei obrigação de santo. Depois que comecei a namorar garotas brancas, passei a introjetar a *paijoanitude* que, logo após ter esposado uma daquelas, passou a ser uma profissão de fé. Eu era um negro bom. E foi com violência que ataquei meu filho mais novo naquela noite, quando ele trouxe a proposta de consciência racial para dentro de casa. Aquilo me ameaçou por inteiro. Era uma ofensa à sua própria mãe. Ele seguiu seu caminho e eu continuei odiando meu destino de descendente de escravos e tentando ajustar, cada vez mais, a forca do esquecimento. Até que a sístole se irritou com a diástole e fiquei entrevado. Minha trajetória se foi e fiquei diante de meus dois companheiros, com meu choro acumulado e antigo.

Nino, sua trajetória não surgiu? – perguntei.

Nem vai surgir. Vocês estão enganados. Eu sempre alisei o cabelo com ferro quente. Alisei tanto que o ferro marcou o íntimo de mim mesmo. Preciso caminhar.

Você viu, ouviu as palavras do velho que retornava? Viu sim! E por que insiste?

João tinha tremor molhado nas palavras. Nino, entretanto, estava resoluto.

Se vocês quiserem voltar, que voltem. Eu preciso morrer. Vocês se esqueceram de que eu fui um comunista? Nunca, nunca vocês vão me convencer a fazer racismo às avessas. É contra a revolução, será que não entendem?

Você está enganado! – gritamos.

Não. Tudo que sinto contra os brancos é puro racismo. Eu não posso ser contra os princípios... Não, não adianta querer justificar a nossa inferioridade racial tentando redescobrir a África, seja dentro ou fora de nós. Ela não passa de uma ignorante e atrasada que adormeceu muito em sua preguiça. Deixe-me em paz!

Foi um berro navalha a cortar o laço que nos unia a ele. Foi-se, os passos apressados, rumo ao Não-Ser.

Eu e João iniciamos o difícil caminho de volta. No percurso, ouvimos vozes adolescentes. Uns diziam "vamos", outros respondiam "não vou". Havia choro entre as brumas. Pensamos nas armadilhas e artimanhas das alvas trevas, sobre as quais o velho nos havia alertado. Seguimos. Quando chegamos, depois de muito andar, debaixo de nossa cova, juntamos os ossos, pedimos à terra e aos insetos que nos devolvessem o banquete para o qual haviam sido convidados e procuramos a saída. Não demoramos. O velho nos havia deixado uma fenda iluminada para passar. Entramos, tropeçando em nossos espantos e demos, por fim, sob um asfalto. Escutávamos agitação, gritaria. Rompemos o cascalho e o piche e saímos. Era 20 de novembro. Explodira um protesto contra o massacre de treze crianças de rua. Gente, muita gente. Um jovem de cabelo *black-power*, fora de moda, gritava palavras de ordem. Era meu filho.

TCHAN!

Do que eu gostava mesmo, sabe, Karina, era de pegar os crioulos. Com eles eu me sentia rainha. Babavam por mim. Fodiam feito loucos. E pagavam. Alguns até pagavam mais do que eu cobrava. Só com os pretos, eu consegui comprar um automóvel zerinho. Porque, você sabe, como estava dando certo, eu passei a anunciar assim: "Loirinha fogosa adora fazer tudo com negão..." E depois, aquelas coisas de praxe, né, querida. Daí, comecei a ter trabalho todo dia. O celular não parava de tocar. Era desde o mulato claro até o pretão bem preto mesmo. Esses, então, eram os que mais me procuravam. O quê? Se eram bem dotados? Alguns. Variava. Teve só um que quase me arrebentou toda. Além de pau grande, o cara era um cavalo. Parecia que queria me matar. Mas o resto deu pra levar numa boa. Tinha os de sempre. Uns queriam sair comigo, ir ao cinema, fazer presença. Mas você acha... Pra desfilar por aí com um preto do lado, eu só queria se fosse muito bonito. E os bonitões só estavam a fim mesmo era de trepar, me lambuzar. Mas aquele filho-da-puta... Desculpa, eu tento ficar calma quando lembro daquele sacana, mas não consigo. Karina, você vê como eu fico só de lembrar! Olha aqui! Me dá tremedeira, porra! Eu já tava bem. Tinha uma boa grana no banco. Agora, só quero saber de cheirar. Só o pó me deixa mais forte pra eu aguentar essa merda que me aconteceu. É, é isso mesmo. Agora eu acho que devia ter entrado no lance com um gigolô, um cara que eu gostasse. Quem sabe... Mas não. Eu achava que não precisava. Nunca eu podia imaginar o que ia acontecer. Mas, porra, pra que fazer aquilo comigo? Primeiro chega, como um cliente qualquer. Não, não foi assim, logo de cara. Acho que, na época, até comentei com você. Era desses bonitões. Não queria nada além da profissional. Mas, depois, me encheu de dengo. Começou com presentinho. E o pior, o danado sabia do que eu gostava. E eu passei a ter orgasmo que nunca tinha tido! Imagina, trabalhando e tendo orgasmo de apaixonada! E... Ah, Karina, você fala assim porque não conheceu a figura. Figura... Não é figura. É o cara da minha vida, pô! Apesar de filho-da--puta, é o cara da minha vida. Sabe, do presentinho passou a me acariciar dum jeito que ninguém tinha feito antes. Teve vez de nem transar comigo. Pagava, sim. Mas ficava me ninando, entende? Aí, eu abri o jogo: *Você é meu homem! Não vai mais pagar, não!* Ele não aceitou. Disse que era meu trabalho e que ia me respeitar. Aí eu fiquei confusa. Pensei em abandonar a profissão. Sabe, naquela de querer viver uma vida certinha... Pensei em ficar com o cara, na moral. É... Pode rir... Eu queria casar, sim! Ia ter três mulatinhos. Dois meninos e uma menina. Eu não via a hora dele me telefonar e marcar um encontro. Se já tivesse algum outro na agenda, eu descartava. O quê? Não, ele não queria me dar endereço, como nenhum deles. Nem telefone. Mas eu descobri. E um dia, depois de suar frio, com medo da reação dele, eu liguei. Já fazia um mês que a gente não se via. Eu não aguentava mais. Não, Karina, ele não me deu nenhum esporro. Foi o homem mais meigo do mundo. Ele me disse: *Oi, quanto tempo... Estava agora mesmo pensando em você.* Eu, na hora, fiquei toda molhadinha. Pensa bem, você liga, esperando levar uma puta bronca, e o cara te fala isso. Naquele fim de tarde nós fomos a um motel e eu transei como nunca. Foi uma verdadeira lua-de-mel. Aí, o que você queria que eu pensasse? Porra, comecei a procurar emprego. Falei comigo mesma: **Vou sair dessa vida!** Você se lembra... Eu nem queria contar pra ninguém. Ainda me lembro que você disse: *Cuidado com passarinho verde!* Mas o meu era preto, bonito, charmoso, parecia que tinha um bom emprego e me dava carinho. Era uma oportunidade que eu tinha de parar de mentir em casa, com aquela história de vendedora de terreno, de que precisava viajar sempre. Aliás, acho que minha mãe e meu pai nem acreditavam. Mas faziam vista grossa. Afinal, nunca deixei de pagar a prestação da casa. Agora é que não tenho conseguido. Depois daquilo, eu nem sei mais que rumo tomar. Hein?... Eu sei que não te contei ainda. Sabe, tenho até vergonha. Deixa eu cheirar um pouco, senão não dá. Hum... Agora sim. Olha, eu sou uma mulher que quase foi feliz. Mas o destino me fodeu. O filho-da-puta, depois daquele encontro, chegou a me mandar flores. Não, não mandava pra minha casa. Eu dei o endereço da casa da Lucélia. Lembra, né? Aquela baixinha que acabou pegando Aids e morreu no ano passado!... Pois é, ela era independente. E eu recebia clientes na casa dela também. Mas, como eu estava te falando das flores, no dia eu quase enlouqueci. Eram rosas vermelhas. No bilhete... Nem era um bilhete. Era uma carta. Ele me dizia que queria uma relação séria comigo. Me aconselhava a largar daquela vida e viver só pra ele. E juntou uma poesia do Vinícius de Morais. Eu chorei, Karina, eu chorei. E marcou um encontro comigo. Mas como eu fui idiota de nem desconfiar. Bom, também uma quarta-feira... Mas, quando cheguei na igreja e vi aquela multidão, comecei a ficar com medo. Só tinha crioulo bem vestido, todo mundo esnobando. Eu não tinha ido preparada. Mas, aí... Os noivos já vinham saindo... É... Era ele, Karina! O filho-da-puta já tinha casado... Não, não sei... Nem me lembro se era preta ou não. Acho que era... Mas não tenho certeza. Só sei que, na hora que eu vi aquilo, eu fiquei tão pequena, mas tão pequena, que parecia que eu era uma formiga ali na porta da igreja. E o que acabou comigo é que quando ele me olhou, fez de conta que nem me viu. Sorria, sorria, feliz da vida... E eu ali, assim, chorando, sem poder sair do lugar... E o filho-da-puta lá, feliz, casado, indo pra lua-de-mel. E o que me dá mais raiva é que eu não tive nenhuma reação. Me senti um lixo... E o pior, o que me dá mais raiva de mim é que eu não consigo odiar o desgraçado. A cada vez que eu penso nele, só sinto saudade, falta. E a merda é que não consigo mais voltar para a profissão. Não consigo, Karina. E a grana tá tão curta! Emprego tá tão difícil. O quê? Já fui. Já fui a psicólogo. Mas não tenho mais dinheiro. Sabe, não sei se você acredita... Bem, eu fui numa cartomante. Não vai rir de mim, mas... Sabe, ela disse que um dia ele vai ser meu, só meu.

TITUBEIO

Estava morrendo de saudades de Elenir. Não fosse eu me distrair com Luciana, certamente daria trabalho duplicado ao fígado, com intensas cachaçadas. Não sabia viver sem aquele afeto, tal era o buraco de ausência dele no meu peito. Suspendi a mão no abismo, Luciana estava pronta. Era feia e não tinha namorado.

A sirene tocou seu óóóóóóóóóó... e eu saí alvoroçado da oficina em direção ao ônibus estacionado próximo à casinha do relógio de ponto. Sentei, a imagem de Elenir desfraldando o passado.

Um barulho de sinal de estrada de ferro veio vindo, anunciando que o trem ia passar: plin! tléin! plin! tléin! deléin! deléin! deléin!... e o sinal vermelho piscando, piscando, mudando de olho. O trem vem vindo, com seu facho de luz e buzina potente.

Vamos passar depressa, Leni!
Vamos esperar.
Dá tempo, anda logo! – e fomos. Seguro a sua mão, saboreando o perigo, e vou na frente. A locomotiva a uns 10 metros, Elenir tropeça e cai.

Leni!

O que que há, Julião? Tá falando sozinho, cara? – era o Mané que já batera o ponto e vinha entrando, seguido do resto da turma.

Ô, negrão! Já taí? Num bateu o ponto hoje? – era o Siri que me lembrou da obrigação.

Desci sem dizer nada e corri até a chapeira. Havia fila ainda. Chegou a minha vez, cadê o cartão? Procurei, procurei, mas não dei com ele. Fui reclamar ao apontador.

Dias, o meu cartão não está lá?!
Ehhh... Procurou direito?
Claro!
Então, vamos lá ver isso.

Fomos, e eu tive que escutar lorota do Zé Dias. O cartão estava lá, no lugarzinho dele. Bati rapidamente o ponto, resmungando uma desculpa qualquer, e fui o último a entrar no ônibus, que já rosnava. Partimos. No caminho, a conversa de Laurindo a meu lado me interessou um pouco. Ele ia abandonar a companhia.

Claro que a boca é boa. Vou te contar: sabe quanto é que ganha um escriturário lá na Transportadora? Dois mil, fora extra que tem de monte. Só tá faltando pra mim o exame médico. O pulmão em forma, já viu: pau no cu da Metal Johnson! Tô até fumando pouco pra não dar sujeira.

Ele falava e eu curtia uma inveja danada. Aquele era o meu sonho. Largar a firma, o torno de todo dia, os cavacos... Eu queria estudar, fazer faculdade... "Já pensou, Engenharia?!..." Eu conversava comigo. Nesse ponto começava a odiar muito o meu destino de arrimo de família. Que diabo! Curso de torneiro-mecânico no Senai e fim. Trabalhar feito um burro, todo dia, sem poder sair daquela merda de serviço! O Laurindo não, era do escritório, fazia cursinho pré-vestibular, tinha futuro...

Vam'bora, Julião! – Pedro me puxou pelo braço.

Dei tchau para o Laurindo, que roncava de boca aberta, no canto, levantei o polegar e o motorista respondeu ao meu gesto. Pisei no passeio em direção ao boteco, disposto a não demorar muito para não chegar tarde à casa de Luciana. Assim fiz, deixando Pedro carente de um bate-papo.

Quando cheguei ao portão, ela vinha saindo:
Oi, sumido!
Como é que é, pretinha? Tá indo passear?
Vou numa reunião. Você tá a fim?
Bom, se não atrapalhar, chego junto. É reunião do quê?
Um pessoal que me convidou. Eles têm um grupo chamado Centro Afro de Cultura que está fazendo alguma coisa pela raça... O que foi?

Não tinha conseguido disfarçar o mal-estar que me dava ao ouvir falar de grupo de negros "fazendo alguma coisa pela raça". Tinha ido uma vez a uma tal de Associação Ébano Elite. Elenir é quem me levara. Era um 13 de maio, por volta de 20 horas, e eu ali sentado, meio inibido, entre jovens negros de ar exaltado e uns velhos trajando paletó e gravata. Uma sala grande da Biblioteca Municipal – era a primeira vez que eu entrava ali –, cadeiras bastantes, espalhadas simetricamente e, à frente, a "mesa", sobre a qual descansavam copos vazios e garrafas com água mineral. Atrás, vários cartazes de Zumbi dos Palmares com a lança em posição de ataque contra o espectador. Na primeira vez que fixei o desenho em branco e preto, virei os olhos e segurei mais firme a mão de Elenir, a única pessoa que eu conhecia naquele ambiente.

Um rapaz alto e magro, muito bem vestido, usando uns óculos de lentes grossas, foi à frente e chamou os componentes do grupo expositor. Feito isso, em breves palavras, anunciou o lançamento do Movimento de Aglutinação Negra, o MAN. Em seguida, passou a palavra, e, um por vez, os palestrantes explodiram discursos. Eram sete negros ante a uma plateia com

poucos brancos. A falação perturbou-me. Um discurso após o outro... Fumei muito e saí meio zonzo. Elenir falava e eu caminhando a seu lado com um enorme silêncio tumultuado. Ela deve ter percebido tudo. Ao se despedir de mim, disse:
Você está esquisito...
São uns problemas no serviço. Qualquer hora eu te conto – respondi sem pensar e me afastei.

Naquela noite, adormeci cheio de estranhos pensamentos e tive pesadelos. Acordei às 5 horas da madrugada, gritando:
Racismo! Racismo! Racismo!

Quando me percebi, minha mãe, de pé à porta do quarto, olhava-me assustada.
Que foi, filho?

Enrolei uma conversa e acendi um cigarro. Ela me fez o café, enquanto eu me preparava para ir trabalhar. Saí, tentando fugir das imagens que ainda rodopiavam dentro de mim.

Naquele dia fiquei intragável o tempo todo. E quando o Mané veio me convidar para o almoço, com aquele seu jeito de dar tapa no ombro:
Vam'almoçar, negrão?
Negrão o caralho! Vá à puta que te pariu, Mané! Vamos parar com esse negócio de "negrão". Eu tenho nome!

Quando notei, eu já tinha dito aquilo com o punho cerrado.

Mané avermelhou, tremeu a voz, quis dizer alguma coisa, mas engoliu. Não falou comigo o resto do dia. Na manhã seguinte, pediu desculpa fazendo cara feia. Disse que não teve intenção de me ofender e passou a me chamar pelo nome, sem sequer usar aumentativo, o que voltou a fazer depois de alguns dias. Tive outros atritos, mas já tinha decidido: não iria mais a reuniões "da raça".

Pode crer, Ju, o pessoal lá é legal! Eu já fui uma vez – garantiu Luciana, tentando me tirar da mudez das minhas lembranças.

Esses caras ficam com um papo furado... Só papo! Com coisa que isso vai tirar a gente do sufoco. O pessoal nosso tá todo aí fodido nas favelas, e qual é a desses caras? Aposto que é tudo neguinho estudante... – já eram as minhas mágoas e meu ciúme. Precisava de Luciana só para mim. Queria de vez acabar com a lembrança de Elenir que não me deixava em paz.

Ju, quer dizer que preto não pode estudar, pô?! O que tem o pessoal estudar? De mais a mais, não é todo mundo estudante.

Ah! chega lá é sempre o mesmo papo: raça, raça, preconceito...

Tá legal, Ju. Se você não quer ir, tudo bem. Eu combinei com o pessoal e não posso faltar. Você não vai?

Luciana era paciente comigo, mas a situação me lembrou nitidamente a discussão que tive com Elenir quando principiei a perdê-la:

Julião, o que é que o pessoal da Associação fez, me fala? Você só foi lá uma vez! Não quer ir mais, não vai. Mas não fica me prendendo!

Não grita comigo, Leni! Já te falei... – e bati com força no rosto dela com as costas da mão.

Reação:

Some daqui! Fora daqui, seu negro medroso! Puxa-saco de branco! Vai embora, praga! – e veio para cima de mim com os olhos deste tamanho, armada com um livro que tinha nas mãos. Foi quando a sua irmã entrou na sala com um deus-nos-acuda, mas não pôde impedir que o livro zunisse-me sobre a cabeça.

Depois, as dificuldades para fazer as pazes. Demorou, mas consegui, apesar de que ela não foi mais a mesma. O carinho diminuiu, passou a falar em tom sério, e nunca mais tocou em assunto da Associação, embora continuasse frequentando, sem a minha companhia, e preparasse o futuro no escuro. Meu sonho de me casar com ela aumentou muito, sem correspondência. E quando ela me disse que não queria mais nada comigo, recusei aceitar a proposta do rompimento.

Leni, deixa de graça, vai... Não vem com essa. Você vai ser minha mulher, pô! Ainda ontem estava falando com a minha mãe de a gente juntar os trapos. Numa boa. Papel passado, igrejinha e tudo. Que isso, preta? Você sabe da minha intenção faz tempo...

Meu tom era de quem espremia lágrimas. Convidei Elenir para dar uma volta no bairro onde ela morava. A tarde e seus vacilos de luz, sua tristeza vermelha ao longe... Fomos, ela sem abrir a boca o tempo todo. Foi quando o trem vinha vindo:

Leni!!! – eu a suspendi do chão com toda a minha força, apertando-a contra o peito. Máquina e vagões passaram chiando morte. Elenir e eu tremíamos. Uma lágrima tirou-me da pose de herói que logo depois pensei explorar, sem sucesso algum. Sábado – três dias depois –, voltei à casa de Elenir, sonhando uma reconciliação e, nunca mais, nunca mais vi Elenir!

Viajou e, mais tarde, eu soube que havia se casado com um africano surgido na tal Associação. Ela se foi, sem me deixar tranquilo para amar de novo.

Julião, resolve logo, meu bem!

Tá legal, Luciana! Vamos, vamos ver se a gente faz alguma coisa pela raça... – disse e caminhei com ela para enfrentar os fantasmas que certamente me aguardariam por muito tempo em um auditório qualquer ou na pupila de mais um pesadelo, até o dia em que pude conviver com eles e compreendê-los. Daí, evaporaram-se e com eles a minha fixação na imagem de Elenir.

SAÍDA

Jurandir precisa parar de beber, mãe!
Eu digo isso todo dia a ele. Mas entra num ouvido e sai no outro.
Desse jeito vai acabar morrendo esturricado de tanta pinga!
Mas o que eu vou fazer, Dorinha?
Leva ele em algum centro.
Já levei. Chegou lá, o caboclo disse que ele precisava tomar banho com ervas. E você tomou? Nem ele! Chegou aqui, foi direto pra debaixo da pia, caçou a garrafa e tomou um porre que só vendo.
Por que a senhora não quebra essas porcarias? Ou, então, dá sumiço. Não deixa parar nenhuma cheia. Fala que o espírito bebeu.
Ah, minha filha... Falar é fácil. Você, como já se casou e está lá com seus problemas, não sabe o que eu passo aqui com esse seu irmão. E, vira e mexe, se queixa de dor no peito. Não sei que mal eu fiz a Deus. O único filho homem...
O que é que tem o filho homem? Homem aqui sou eu! E daí? Já tá todo mundo fofocando a minha vida, é?
Olha aí como ele chega. Está sentindo o bafo? É assim...

A filha evita encarar o irmão. Levanta-se e vai para a janela do casebre. Lembra-se de antigas brigas domésticas. Contempla as crianças da vizinha, inteiramente envolvidas em seu jogo de bolinhas de gude no quintal de terra. Jurandir tem os olhos injetados. Sua. Mantém-se de pé com dificuldades. Dora desperta-lhe um imenso ódio. A onda habitual de vingança levanta-se nas vagas do seu pensar. Vingança de quê? Não sabe. Seu desejo é o de sempre: agredi-la com violência. Contempla a roupa da irmã. "Roupa de madame...", diz consigo mesmo. E a inveja salta-lhe da boca:

A boneca já veio trazer esmola de novo?

A mãe toma as dores:

Se você trabalhasse, a Dorinha não precisava ajudar. Mas você não quer nada com o batente... E deve dar graças a Deus dela vir. Porque só com o meu dinheiro da pensão que seu pai deixou é que a gente não ia conseguir viver.

Ah, a senhora só sabe defender essa franga aí.

E vê se para de provocar sua irmã. Vai dormir, vai! Vai curtir sua pinga na cama. Não fica enchendo os outros.

Jurandir internaliza as agressões. Fala para dentro, rumina: "filha-da-puta pensa o quê só porque tem dinheiro... o caralho! teu macaco não é o bom, não... tá pensando... negrinho veado veado mesmo bunda-mole bundeiro só porque tem carro pensa que vai tirar um sarro na minha cara e tu também pensa que eu não sei que tu chifra ele... piranha e veado eu não tenho dinheiro mas tenho moral pergunta no bairro quem é o Jura todo mundo sabe porra se foder eu bebo e pronto se foder... não fosse a velha que a velha estraga tudo... não fosse a velha faca faca faca faca faca faca eu não sou otário tô a fim de acabar contigo faca faca faca faca... aí manda o neguinho pular no meu peito quero ver..."

Sai do caminho, Jurandir. Não vê que eu quero fazer comida?

Não grita comigo! A senhora é mãe, mas não é patroa. Não gosto de grito comigo. Num tô bêbado não!... – articula com dificuldade as palavras e sai cambaleando para o quarto único, onde cai sobre um sofá precário e dorme, balbuciando palavrões.

Viu? – diz a mãe. E continua: *É assim todo dia. Eu saio de manhã, ele fica dormindo. Quando volto, cansada de passar roupa na casa dos outros, ele está aí, com os olhos pegando fogo e falando bobagem. Eu já ando cheia. Qualquer dia desses... Nem sei...*

Ele não quer saber de trabalhar mesmo?

Emprego hoje, você sabe, é aquela dificuldade pra achar. Ainda bebe. Aqui na favela tem um montão de homem sem ter o que fazer. Sol quente, ficam à toa. Só não sei onde é que arranjam dinheiro pra cachaça. Seu irmão já nem sai mais atrás de trabalho. Fica por aí com os outros. Um dia veio com a boca que só vendo! Disse que caiu. Mas só pode ter sido briga. A boca parecia uma pipa, de inchada, a camisa cheia de sangue.

Dora, com os olhos baixos e as mãos juntas como um casal de estranhos, comprime os pensamentos, tentando achar uma saída. Não há. Tudo aponta o caminho do sonho, da fantasia: Loteria Federal, milagre que curasse o irmão mais velho... Abandoná-lo à própria sorte era uma ideia ousada, porém cruel. A mãe não admitiria ser levada daquele lugar sem o filho. Amava-o, contudo. E Jurandir declinaria com mais rapidez rumo à sarjeta.

Iiiiii, minha filha, o gás foi acabar justinho agora!

A senhora não tem outro botijão?

E o seu irmão não vendeu? Me falou que roubaram. Mas, quando ele dormiu, fui ver nos bolsos dele e achei dinheiro. Pela metade, mas tinha. Até hoje jura que não vendeu. E pensa que me tapeia. Além de tudo, é mentiroso.

Então, vamos tirar esse e mandar buscar um cheio. Eu dou o dinheiro. Pega!

Muito obrigada, filha.

Eu não vou dar o dinheiro do mês hoje porque o Alex ainda não recebeu. E o meu pagamento lá da loja, a senhora sabe, é tão pouco...

Ah, não se preocupa.
A mãe vai para o quarto.
Jurandir, acorda! Vai ali na venda buscar o gás, que acabou. Acorda, Jurandir! Oh, meu Deus, que cachaça danada!
Deixa ele, mãe. Não tem nenhum vizinho?
É, eu vou ver se algum moleque pega pra mim – responde a velha, saindo para o sol.

Dora contempla o irmão imóvel, de bruços. Imóvel! Um pavor percorre-lhe a espinha, fazendo-a tremer.

Jurandir! – chama, com a voz sumida.

A imobilidade do outro emite uma resposta vazia. Silêncio de veludo, repleto de espinhos. Observa a respiração. Nenhuma. Sacode o irmão várias vezes, gritando-lhe o nome. Não, não é mais o irmão. Apenas um corpo quieto, à mercê das bactérias.

Dora, um inverno repentino. Duas lágrimas embaçam a cena. Depois desabam. Uma ideia salta: "Levo a mãe daqui. Para sempre. Meu Deus, ele pode estar vivo!" Sacode-o fortemente. Nada.

Pavor! A mãe vem voltando. Cantarola um antigo partido-alto, desses que deixam a gente de bem com a vida.

O NEGRINHO

A noite chegou em um bafo quente, após pancada de chuva. Uma lua no céu parecia rir. Nenhuma vontade de beber. Nem conversar. Estávamos ali no Bar do Jota. Éramos quatro. Havia uns seis meses que nenhum via a cara do outro. Na lembrança só o bate-boca, as brigas. Não fosse o Adonias, certamente não seria possível uma aproximação entre nós. Era esperar que ele chegasse, com o tio, e, então, iríamos lá ao clube dos velhos em Jundiaí. Sabíamos daquela tentativa de recomposição, só que ninguém queria se comprometer com ela. Ali, nós, jogando conversa fora. Futebol, o tempo, será que o Adonias vai demorar... Eis que passa uma mulher, todo mundo olha e comenta. Assim, cada qual se esquivando como podia do passado que nos ligava. Para todo efeito, íamos apenas a um baile naquela cidade. E só. Mantínhamos a parede de orgulho, vaidade, mágoa e frustração. Por isso as palavras iam, zanzavam feito cachorro louco e espumavam aquela cerveja mal gelada.

E Adonias demorava... Eu sabia que a mulher dele não andava muito bem com aquela gravidez. E ele, marinheiro de primeira viagem, vivia todo prosa e cheio de cuidados. Certamente alguma coisa tinha complicado, pensei. Mas aquela ausência ia ficando difícil. Quatro sujeitos sem saber o que dizer. Todos evitando um assunto que, se viesse à baila, na certa iria dar confusão. Depois, um silêncio estufado. Tensos todos. Afinal, tanto tempo trabalhando juntos, um ideal comum, confiança mútua e depois a desistência, a rixa e o irremediável fim do nosso sacrifício de tanto tempo: o Negrinho.

No auge não faltava gente. O salão cheio e o clube sendo assunto e vibração nas conversas. Samba no pé, blues, *jazz*, *funk*, *soul*, *reggae*, *rap*... Todo fim de semana. Quem chegava pela primeira vez acabava logo curtindo o Negrinho e se tornando sócio. Eram os quitutes da Vovó Quitéria, a sensibilidade musical de Marquinho Turrão, dono do som, e a diretoria muito coesa e identificada com o anseio da rapaziada.

Compramos a sede. Ampliamos as instalações. O salão ficou maior, com capacidade para duas mil pessoas dançando. Mas, não demorou nada, a vizinhança começou a se sentir incomodada. Inventava histórias e chamava a polícia. A partir da terceira vez que a viatura encostou, tivemos de tirar alvará, não só para os bailes, mas também para toda e qualquer reunião com som ambiente. Foi em uma terça. Só havia esportes: pingue-pongue, pimbolim, um mestre que dava aula de capoeira... Mas chegaram, foram entrando com uma conversa de "perturbação da ordem pública" e deram a dura na gente. Veio a obrigatoriedade. Passou um tempinho, a aporrinhação continuou. Procuravam um marginal chamado Tremendão. Ninguém sabia quem era o sujeito. E, em dias de baile, os guardas ou os tiras agiam assim: chegavam já de armas em punho. Entravam. Faziam parar a música e:

Vamos levantando os braços. Mão na parede!

Apalpavam alguns, davam uma geral, exigiam depois o alvará, desculpavam-se e saíam. A rapaziada resmungava, mas logo vinha o balanço. Todo mundo relaxava e reequilibrava o astral.

Até que um dia o desfecho foi outro. Havia chegado lá um nego véio da capital. Veio a Porto Esperança para incentivar a gente. Devíamos, segundo ele, conscientizar os frequentadores do clube. Dizia que só baile não levava a nada. Outras coisas eram necessárias. Sugeriu que fizéssemos um grupo de teatro e um jornalzinho, a fim de levar uma mensagem de fé e confiança de que nosso povo sempre foi carente. Falou de sua experiência em associações, das dificuldades de se manter um espaço como o nosso. A conversa estava muito alegre e produtiva, quando os caras chegaram. De novo procuravam o "Tremendão". O patrício "virou bicho" e mandou que baixassem as armas, pois ninguém ali era bandido. Alertou, em voz alta, sobre a invasão de domicílio. Um dos guardas teimou, retrucando:

Isso é desacato à autoridade. Você está preso!

No mesmo instante, o "tio" meteu a mão no bolso, tirou um documento e só faltou esfregar na cara do policial. Aí, o fulano perdeu o rebolado, bateu continência, pediu desculpas, tentou driblar o vexame. Ficou até meio gago. Por fim, depois de se justificar ao major, saiu de fininho junto com os outros, todos fardados. E o rabo entre as pernas. O major foi com eles até a viatura, passou um sabão em cada um, inclusive no motorista que ficara ao volante, anotou os nomes, número da viatura e dispensou os tais.

Desde aquele incidente, a polícia não chegou mais com aquela violência e arrogância. Os guardas ficavam rondando. Passavam inúmeras vezes pelo lado de fora, na viatura e mesmo a pé. Apesar, o que foi uma pena, de o major não ter mais visitado a gente.

A exigência do alvará continuou. Quem chegava era um dito fiscal, acompanhado de um investigador. Se não tivéssemos o documento (complicado como não devia, pelas demoras e atrasos com que o emitiam), o baile era encerrado, ou mesmo qualquer outra atividade com mais de vinte pessoas e som ambiente. Na época não percebemos, mas a presença daqueles dois havia começado a partir do momento em que passamos a emitir mensagens pelo microfone: **Viva Zumbi!... 20 de novembro, o Dia Nacional da Consciência Negra... Negro é o esteio do país... Somos mais da metade da população brasileira...** e outras expressões semelhantes.

Para a diretoria era difícil, além de outras tarefas, controlar uma turminha que gostava de curtir um baseado justamente no meio do baile. O cheiro foi a desculpa para novas *blitze*. Inúmeras vezes houve a interrupção. Em certas ocasiões, tivemos que sair na porrada com a turminha da fumaça. Mas o próprio grupo dirigente ficava dividido nessa questão. Uns achavam que devia apenas ser pedido moderação. Outros, como eu, pensavam diferente. Maconha devia ser curtida fora do Negrinho. Chamavam a gente de caretas, quadrados e até de reacionários. O assunto era um fator de quizila entre nós.

Em uma noite de 13 de maio, fizemos a nossa "Festa da União", apesar de alguns discordarem daquela data. Aqueles eventos especiais solidarizavam bastante as pessoas. Houve até um fato inédito. A diretoria, toda ela, chegou no horário naquele dia. Alguém saiu com esta:

Deu epidemia "horariana" no pessoal do Negrinho!

Quem era viciado em atraso riu, sem jeito.

Quando o baile foi ficando bom, surgiu um branco estranho. O automóvel foi estacionado do outro lado da rua. Quem viu já ficou de orelha em pé. Desceu o cidadão: terno, maleta de executivo, pisando em ovos. Na bilheteria, solicitou para falar com os diretores. Marildinha largou tudo e avisou quem encontrou pelo caminho. A gente foi atender o estranho na saleta de reuniões. Veio a "cascata", depois de uma série de argumentos baseados na lei, e sutis ameaças. Dinheiro por fora ou multa. Tudo se resumia a isto: ou dávamos uma propina ou teríamos de pagar, judicialmente, uma vultosa quantia. Desconhecíamos a lei, sem dúvida. Mas ninguém se deixou intimidar com aquela cobrança dos direitos autorais das músicas tocadas, incluindo bailes anteriores. Aquilo irritou a gente. Alguém abriu o leque:

Não vamos pagar e pronto! Quer multar, pode multar. Mas, antes, vai levar uns tapas.

O sujeito reagiu com ofensa e acabou levando mesmo uns sopapos e foi posto para fora aos empurrões. Alguns minutos depois, chegou uma viatura com a sirene ligada. Não tivemos nem tempo de argumentar. O baile acabou ali. Toda a diretoria foi obrigada a ir prestar depoimento sobre a agressão. Dormimos no xadrez.

O sonho de ter um grande clube da raça foi perdendo o brilho. O Negrinho ia ficando malvisto. Os boatos cresciam. Houve até o de um assassinato no salão. Na verdade, apenas uma briga, com nariz quebrado, mas sem maiores consequências.

A polícia insistia em suas batidas. O pessoal se afastou, o caixa enfraqueceu. Fomos obrigados a vender o imóvel. Um dos diretores acabou rapinando o dinheiro. A mãe precisava fazer uma operação muito cara. Por fim, a mulher morreu e o dinheiro não voltou. Ficamos a zero, mais dívidas. A amizade se afastou de vez da diretoria. As brigas tornaram-se constantes. Ausência de baile, aluguel atrasado, o novo proprietário pediu o imóvel. Fechamos. O Negrinho ficou pela rua, de casa em casa. Reuniões estéreis. Até que um dia morreu em uma esquina. Ofensas pessoais mútuas. Presidente e diretor social. Ele gritou, eu gritei mais ainda. Fim. Cada um tomou seu rumo. Éramos os últimos. Eu caminhava, esforçando-me para desprezar toda aquela vivência, quando ouvi:

O Negrinho acabou mesmo? – perguntou-me João Sanduba. Era um vendedor de sanduíches. Fazia ponto em frente à sede nos dias de baile. Competia com os salgadinhos da Vovó, mas, às vezes, pagava o ingresso e ia dançar. Deixava o filho junto do carrinho e só voltava ao final para comandar o pico nas vendas. Eu não o via há muito tempo. Desde o nosso despejo. Quando ele me fizera a pergunta, eu a sentira como afronta e respondera agressivamente.

E era exatamente o João Sanduba que, ali daquele bar, eu via atravessar o asfalto em nossa direção. Dei as costas. Na certa ia sair a mesma lamentação de querer ressuscitar o defunto. Pedi mais uma cerveja para o Jota e acendi um cigarro. Surpreendi-me quando ouvi:

Adonias, meu caro!... E o senhor?... Muito prazer! João de Souza, seu criado. Me chamam de Sanduba, sabe. Nunca liguei. Se o senhor preferir, não me incomodo. Até gosto.

Prefiro chamá-lo de Souza – uma voz desconhecida encheu o ambiente.

Voltei-me. Na entrada, a confluência dos três. Adonias, muito sorridente, fez as apresentações. O tio, um senhor alto e elegante no seu terno azul-real, cabelos grisalhos, cor firme de pele, dirigia a todos nós um olhar de entusiasmo. Por seu lado, o vendedor de sanduíches não poupava felicidade em seu sorriso largo, cumprimentando todos nós. Senti certo constrangimento. Eliodoro, Odair e Isidro, meus companheiros, juntaram-se a mim na forma tímida de sorrir. Nossa opacidade e incômodo reagiam àquela luminosidade dos três. Depois de ter solicitado mais cerveja e uma água mineral para o sobrinho abstêmio, o velhão continuou. Tinha o dom.

Vamos, não apenas a uma bela festa. Vocês vão conhecer um clube dos poucos que existem no estado. Foi fundado em 1898. Eu mesmo nem tinha nascido. Mas, quando jovem, fiz muitos calos nas mãos. Carreguei bastante tijolo para construir a sede. Eu e muita gente. Meu pai me levou para lá pequeno ainda...

O senhor Jair falou, falou durante um tempo impreciso, com uma convicção de admirar. Contou histórias de empenho de objetos pessoais, campanha de tijolos, mutirão para construir, lembrou pessoas mortas e, para arrematar:

Por isso, vocês, que são jovens, têm lá alguma coisa construída por nós. É pequeno, em vista dos grandes clubes, mas tem um pouquinho de conforto. E o conforto maior: é nosso! Pela luta que nós tivemos, eu sempre repito que é preciso ser audaz, minha gente! E agora, antes de terminar essa cerveja, vamos saudar mais um patricinho que acaba de chegar ao mundo.

Disse aquilo, levantou o copo, olhou para o sobrinho e riu gostosamente, ao que foi correspondido em uma medida maior por todos.

Qual é o nome do garotão, Adonias? – alguém perguntou, percebendo-lhe a intumescida alegria.

Bem, vai ser um nome africano. Por enquanto a gente ainda está escolhendo. Então – e Adonias abriu nossos diques emocionais –, *vocês podem chamar meu filho de Negrinho* – concluiu, erguendo o copo de água mineral.

Todos brindamos o nascimento e uma renovada certeza florida entre nossos lábios.

Agora que eu sou apenas um membro do conselho consultivo, esta sala de reuniões, estes retratos nas paredes, com imagens de companheiros que já se foram, tudo isso me dá saudade. Saudade? Não. Um contentamento bem profundo de ter vivido aquela noite. Afinal, a juventude dança no salão e o Negrinho está quase sempre em festa, mesmo tendo idade para ser avô. Como eu.

DELÍRIO DE SOMBRA

Era um manuscrito de meu irmão. Fora deixado sobre a mesa da sala, único móvel que ficara na posição normal sem ser atingido pelo vendaval que revirara tudo. Desolado pelo acontecido, desvirei uma poltrona, acomodei-me e comecei a leitura.

"Depois que terminou a história de seu crime, ele tirou o lenço de seda e passou a secar os móveis ensanguentados. Sete horas de trabalho forçado, conseguiu juntar no copo em que antes sorvera inúmeras doses de uísque, a sua gota de sangue, com a qual havia contribuído para lambuzar inteiramente a bela sala decorada em estilo *clean*. Sua vítima ficara de bruços, braços esticados, o anel com pedra vermelha na mão direita.

A sala devidamente limpa, ele agora descansa, enquanto fuma três cigarros ao mesmo tempo e solta baforadas com faíscas azuis e rumina o que restou de ódio no organismo.

Se tudo tivesse ocorrido como planejara, teria caminhado até a estante e pegado o álbum de fotografias dos amigos para arquitetar o próximo homicídio. Ao acariciar a bela capa de couro, a imaginação teria rodopiado uma grande festa para a sua solidão. Uma festa decente. De *smoking*, cabelos perfeitamente lisos, como só de um branco, e amarelos, dignos de um nórdico. Quando ela tivesse chegado, vestindo seu trágico e resplandecente luto, a recepção com um grande abraço cúmplice teria sido o preâmbulo para apresentar-lhe a mesa posta. Os mais variados pratos teriam sido admirados por ambos:

coração de mãe ao molho pardo; fígado de irmão recheado com maçãs; pulmões do melhor amigo à *dorée*; estrogonofe de mamilos da mulher desejada; maionese de intestino salpicado de tornozelo de ídolo esportivo, triturado e moído; farofa de testículos do pior inimigo; suflê de miolos de parentes próximos. Acompanhando, o champanhe envelhecido desde os tempos da escravidão e servido, à sua convidada, em taças de crânios de senhores de engenho, com muito garbo. E, nas sobremesas de dar água na boca, estariam ressaltados *sundaes* encimados pelos olhos do ser amado; geleias de bile dos companheiros de ofício; musse de amígdalas e pavê de línguas do artista de nossa estima. Após, viria o licor de cancros abertos dos rancorosos. Aí, então, ele a teria convidado para dançar um samba-canção.

 Aquela noite, no entanto, caminhou sem novidades. Ele optou pelo *blues*. Não houve a visita tão esperada. Sua dedicação em preparar aqueles pratos não convenceu a sua musa. Ela não compareceu à festinha particular. As sombras dos amigos mortos, estas, sim, percorriam a casa, riam muito, contavam piadas, davam socos na mesa e se abraçavam e, em seguida, como só as sombras são capazes, fundiam-se inteiramente. Tudo em descompasso com a música. Ele coçava sua frustração: 'Elas continuam as mesmas. Vivem mal- arrumadas. O cheiro delas, como é insuportável. As fêmeas não fecham as pernas quando sentam. Os machos arregalam os olhos de lanterna... Todos rebolam. Falam como se uivassem gravemente. E esse riso, meu Deus! Esse riso persistente, essa vontade inevitável de ser! Isso, isso que tanto lutei para destruir, cortando o pescoço de Rubi, apunhalando Malwi no ventre, golpeando a marteladas a cabeça de Intku, arrancando, a canivete, os olhos da Lion. E... De nada adiantou puxar com o alicate a língua de Silsô. Sua sombra fala mais que o meu pensamento. E Círio?

Quem diria que ainda fosse ver o seu riso filosófico, afinal eu quebrara um por um seus dentes com meu soco-inglês! Ralmes não poderia continuar insinuante, assim, no canto da sala. Dela eu tinha cortado os seios e as nádegas com gilete e lavado suas chagas com pimenta... Não é possível! Ah, solidão, por que me abandonaste?...'

Raciocina que é melhor beber, beber, beber até ruir. Mas já não tem ímpeto. Levanta-se, vai até o aparelho de som e retira a fita de *blues*. Olha em torno. A festa continua. As sombras dançam. A de Silsô vem tirá-lo. 'Mas, como dançar o silêncio?', pergunta-se. Como resposta ele passa a ouvir, em altura máxima que os tímpanos podem se alegrar, uma voz feminina entoando bossa-nova. Segue, mexendo o corpo a contragosto, a 20 centímetros do chão. Admira-se do longo tempo em que estivera distante dos movimentos sensuais. Abraçado à sombra de Silsô, passa próximo à mesa posta e repara o útero que arrancou a espetos de churrasco, ali, confeitado com olhos azuis. Ela quem o conduz pelas ondulações musicais. O casal passa perto de Lion, que lhes declama o poema **Luz de mim**:

> embaixo do chão de mim
> semente pedra seria
> sêmen não fosse
> de um novo dia
> sabor de precipício
> em doce rosário de cios
> trazendo água de poço
> para lavar-me o pescoço.

Ele sente no peito uma detonação, sua frio, parando de dançar com a sombra de Silsô. Riam volta-se para ela, toma-a nos braços e iniciam um partido-alto. Ao ver os dois, apesar de acanhada, a sua a alegria cresce, afasta-lhe a dor e faz brotar em seu rosto um riso de satisfação. A madrugada se enfeita de gritos e correrias de sombras.

No final, ele surge como um resto de feira que os molambos vão catar para alimentar os filhos em algum barraco chamado casa, ribombando no coração a palavra 'lar'".

Terminei a leitura com medo. As analogias possíveis com o estado mental de meu irmão eram muitas. Entretanto, uma delas impregnara-me: o sentido de banquete, que poderia esconder a ideia de oferenda. Tibagi havia abandonado o terreiro que frequentara assiduamente por um período de quase dez anos. Tornara-se evangélico. Desde aquela mudança, nosso relacionamento ficara difícil. Ele dera as costas para as antigas datas comemorativas que juntavam a família. Em um bate-boca sobre religião – seu assunto predileto –, acusara-me de servir ao Satanás e, não fosse a paciência de Jó que herdei de meu avô, teríamos ido às vias de fato. Ele ficara daquele jeito, em litígio comigo. Era meu único irmão e havíamos vivido bons momentos de amizade. Por isso aquela situação de estranhamento fisgava-me a memória.

Após aquele nosso incidente, eu o socorri três vezes, todas com crise convulsiva, que se iniciava com a desarticulação de sua fala e o surgimento de manchas pelo corpo. Quando encarei diagnósticos médicos e psicológicos e fiquei ciente dos traços de paranoia de meu irmão, dentre os quais uma tendência quixotesca de, a princípio, "redimir a raça negra da maldição de Cam" – como ele chegou a gritar em delírio –, eu resolvi visitar o Ilê Axé Omi. A ialorixá, nas três vezes, repetira que a crise de meu irmão era a falta da obrigação de sete anos a Omulu. Mas, aí, havia a agravante de ele ter ido a um xirê, depois de convertido à seita evangélica, e desacatado aquela que primeiramente o acolhera e cuidara em seu regaço místico, após o grande abalo que havíamos sofrido juntos pela perda de nossos pais em acidente ferroviário. Por causa daquele seu destempero no candomblé, havia sido expulso da cerimônia aos safanões. Eu, que não tinha religião alguma, ficava de mãos atadas, sem saber como demover meu pobre irmão daquela aventura nos intrincados e sombrios mistérios da fé, dos remédios fortes e das terapias, às quais, quase sempre, se recusava a comparecer. Ele não me dava ouvidos. Por essa época já não mais se reconhecia como negro, mas, sim, como "fiel servidor do Senhor". E quando abordávamos o tema religião, ele era seco e malcriado ao me responder o por que não amenizava seu fanatismo.

Meu caro Everaldo de Souza, meu nome agora é Tibagi de Jesus e não do Capeta!

Essa foi a última resposta à minha ponderação sobre possível conversa com Mãe Ynaissara de Oxum, visando a que ele melhorasse seu equilíbrio mental. Não que eu tivesse crença em qualquer coisa, mas eu vira o quanto fora importante para ele, como o deixara feliz aquela opção de crença. Assim, era triste vê-lo tão formal para comigo e cheio de agressividade. E dessa maneira foi, progressivamente, fechando as portas à nossa amizade.

Depois que o deixei no Hospital Psiquiátrico Sereno, à 1 hora da madrugada, retornei ao seu apartamento. Ali permaneci desolado, tentando reconstituir a situação anterior à cena de encontrá-lo no chão da sala babando, em meio a pipocas cuja vasilha de acrílico estava rachada a um canto. Contemplei os móveis e quadros quebrados, louças aos cacos e roupas transformadas em verdadeiros trapos. Eram quatro quartos, dois vazios, um com uma cama de solteiro e outro repleto de livros. Em um dos vazios, o único objeto que encontrei foi uma tesoura, no outro uma corrente de mais ou menos 2 metros. O primeiro pintado de vermelho, o segundo, de azul. No mais, nada. Até as paredes não continham sequer um prego. Eram os quartos que, em todas as minhas visitas anteriores, permaneciam trancados, mas que naquele instante estavam com as portas escancaradas. Quando, certa vez, eu quis saber por que eles permaneciam fechados, meu irmão dissera, com aspereza:

São para oração!

Vendo-os vazios, só com aqueles objetos, ficava mais difícil entender como ele, dois anos mais novo que eu, havia perdido a normalidade, deixando aquela destruição e aqueles sinais, bem como, sobre a mesa, um atestado de seu desequilíbrio, aquele texto cujo conteúdo parecia, em sua ideia central, uma oferenda, entretanto com aquela crueldade que para mim era um espanto. Ele, antes das crises, sempre fora uma pessoa bastante dócil e respeitosa, ainda que suas poucas namoradas não confirmassem isso. De há muito, ele abraçara a solidão, não sem antes, em uma conversa por telefone, ter-me falado muito mal das mulheres, não dessa ou daquela, mas de todas. E não deixou, também, de me criticar por namorar demais.

Desde a perda de nossos pais, meu irmão, que na época tinha 18 anos, ficara estranho, de tempos em tempos apresentando uma novidade no comportamento, mesmo com seu sucesso nos estudos e na profissão de contador. Quando se desvencilhou da última namorada, passou a ler como um desvairado, o que o levou às veleidades literárias. Aquele manuscrito era um exemplo.

Ao terminar a sua leitura pela terceira vez, resolvi apagar as luzes e tentar aguardar o sono. Eu precisava dormir como quem fugia daquele mistério todo. Foi, então, que percebi uma luz vermelha gritando no escuro. Era a secretária eletrônica. Tateando fui até ela e a acionei para ouvir mensagens. Era uma voz de mulher:

Tibagi, é Soledade. Não consigo te esquecer. A gente precisa conversar. Eu sei como você se sente, mas eu queria te dizer que eu fiquei confusa, sabe. Não fiz por maldade. Te amo, te amo, te amo. O Everaldo foi só um caso passageiro. Por isso eu te contei tudo. Me perdoa, meu amor. Por favor, Tibagi, liga pra mim. Eu não sei mais o que fazer da minha vida sem você... – e aquela voz conhecida dera lugar a um profundo soluço.

Eu me havia transformado, então, em uma grande chaga de decepção. Doído, doído, um choro entalado no peito, eu vi a sombra invadir a sala gesticulando muito, ornada com muitas palhas, em uma dança frenética. Não sei o que ocorreu depois. Há um vazio que não consigo dissipar.

Soube, após alguns dias, que fui socorrido pelos mesmos vizinhos que haviam cuidado de meu irmão até que eu chegasse. Foram surpreendidos por meus gritos lancinando a madrugada.

Hoje, depois de um mês, é meu dia de alta. Fui informado que meu irmão está bem e já saiu daqui. É ele quem virá me buscar. E a médica me disse que este vazio na minha memória deve passar com o tempo. É só tomar os remédios regularmente.

Já devolveram minhas coisas. Está faltando o meu anel de rubi, presente de Sílvia Soledade. Esta, sim, continua viva na memória, apesar desta mágoa que ainda inunda meu ser.

INCIDENTE NA RAIZ

Jussara pensa que é branca. Nunca lhe disseram o contrário. Nem o cartório.
No cabelo crespo deu um jeito. Produto químico e fim! Ficou esvoaçante e submetido diariamente a uma drástica auditoria no couro cabeludo para evitar que as raízes pusessem as manguinhas de fora. Qualquer indício, munia-se de pasta alisante, ferro e outros que tais e...
O nariz, já não havia nenhuma esperança de eficácia no método de prendê-lo com pregador de roupa durante horas por dia. A prática materna não dera certo em sua infância. Pelo contrário, tinha-lhe provocado algumas contusões de vasos sanguíneos. Agora, já moça, suas narinas voavam mais livremente ao impulso da respiração. Detestava tirar fotografias frontais. Preferia de perfil, uma forma paliativa, enquanto sonhava e fazia economias para realizar operação plástica.
E os lábios? Na tentativa de esconder-lhes a carnosidade, adquirira um cacoete – já apontado por amigos e namorados (sempre brancos) – de mantê-los dentro da boca.
Sobre a pele, naturalmente bronzeada, muito creme e pó para clarear.
Lá um dia, veio alguém com a notícia de "alisamento permanente". Era passar o produto nos cabelos uma só vez e pronto, livrava-se de ficar de olho nas raízes. Um gringo qualquer inventara a tal fórmula. Cobrava caro, mas garantia o

serviço. Segundo diziam, a substância alisava a nascente dos pelos. Jussara deixou-se influenciar. Fez um sacrifício nas economias, protelou o sonho da plástica e submeteu-se.

Com as queimaduras químicas na cabeça, foi internada às pressas, depois de alguns espasmos e desmaios.

Na manhã seguinte, ao abrir com dificuldade os olhos, no leito de hospital, um enfermeiro crioulo perguntou-lhe:

Tá melhor, nêga?

Ela desmaiou de novo.

NÃO ERA UMA VEZ

Que humilhação! O sogro empresta o dinheiro, mas não deixa por menos:
Vê se não aparece só pra pedir. Só na hora do azar, você lembra que tem sogro?!
Engole em seco. Diz obrigado. Precisa de mais, porém não ousa insistir. Despede-se e sai em direção ao metrô. Os pensamentos retomam o caminho do ódio e toda a cena do assalto retorna. Três bandidos entram no coletivo e, apontando suas armas, gritam:
É um assalto!
Quem reagir, morre!
Vamos passando tudo: grana, relógio, carteira, correntinha... Tudo!
Levanta-se e responde no mesmo tom:
Aqui tem homem!
Saca a arma, matando os três assaltantes, cada qual com um tiro na cabeça.
Qual nada! O devaneio vem e vai, mas na realidade o herói teve medo, não reagiu e ficou sem nada. Não teve coragem nem de se mexer. O revólver em casa, enfurnado no guarda-roupa. Entregou o pagamento do mês. Não havia tirado uma nota sequer do envelope. E o relógio? Faltava ainda uma prestação!... Além de levarem, ainda lhe machucaram o pulso.

Dá essa merda aqui, peão! – dissera o sujeito, com a morte apontada para sua cabeça. E puxara, com violência, a pulseira de metal.

Observa a ferida cicatrizando. Que ódio! Sem notar, apalpa o Rossi na cintura. Ah, se estivesse com ele na ocasião!... Podia morrer, mas pelo menos dois iam com ele pro inferno. Inferno... Inferno era aquela vida dura. Trabalhar feito um condenado, sempre com medo de perder o emprego, e, por fim, ser assaltado no ônibus por uns filhos-da-puta a quem jamais fizera um mal qualquer. Nem conhecia. Se pegasse um puto daquele, metia bala.

Na noite após o assalto, não conseguira dormir direito. Pesadelos invadiram-lhe a tentativa de descanso. Por duas vezes levantara-se com o 22 na mão.

Mexeram no trinco! Eu ouvi, Tânia. Fica aqui com as crianças. Não sai daqui.

Nada! Pura imaginação desencadeada pelo choque vivido na tarde anterior. A manhã chegou com sua rotina, trazendo um cansaço dobrado. Calou a humilhação no trabalho. Conjeturava: "E se souberem do ocorrido, que eu estou a zero?" Não. Não diria nada. Certamente iam fazer gozação. O ambiente de trabalho era hostil. No refeitório, qualquer assunto era motivo de disputa e menosprezo mútuo. E não fora uma simples discussão de futebol motivo de dois operários se atarracarem e, no final, um sair esfaqueado? Não diria mesmo nada. Apenas o silêncio empedrado deu indícios de que ele não estava bem. Só o encarregado se interessou pelo seu aborrecimento.

O que houve, Jorge? Tá chateado?

Não estou me sentindo bem do estômago – disfarçou, amargando toda a capacidade explosiva de seu drama.

O sogro, além da mulher, fora o único a saber. E viera com aquela conversa. Aproveitara a ocasião para repisar o pisado. Não fosse parente, metia um tiro na cara dele. Não... Ideia absurda aquela!... Coitado do sogro. Não tinha uma situação muito boa também. "Além do mais, eu não tenho coragem pra matar ninguém", pensa alto. Transeuntes olham-no.

Depois da jornada, chega à estação. A plataforma está lotada. Consola-se por não necessitar diariamente daquele transporte. São 7 da noite e a multidão se acotovela. Depois de muito empurra-empurra, consegue entrar no vagão. Por baixo do paletó surrado, confere, a todo instante, de maneira discreta, o revólver. Vai vendê-lo a um amigo. Ainda assim, terá um mês apertado. Algumas contas ficarão para o próximo pagamento. É o único objeto de valor de que dispõe para vender. Mas hesita. A arma representa segurança. Houve assaltos no bairro... Não venderá. Pedirá algum dinheiro emprestado, deixando o revólver como garantia.

Após três estações, um impulso de rancor e violência arrasta-o. Vê um dos bandidos atravessando a roleta, no exato momento do sinal de partida. Salta para a porta automática. Fica prensado. Força. Consegue sair. Corre na plataforma entre pessoas e malas que se dirigem para o terminal rodoviário. Tem a arma na mão. Onde estará o homem? Para depois da roleta. Funcionários do metrô olham-no assustados. "Vão chamar os seguranças", pensa e guarda o 22. Vê o sujeito ao longe. Caminha rapidamente. Sai da Estação Tietê. De novo a silhueta do homem foge de seus olhos. Perscruta. Localiza-o entrando em um coletivo urbano. Corre. Consegue entrar também.

O indivíduo, sem perceber a perseguição, com tranquilidade paga a passagem e vai, sustentando um pacote e uma sacola de supermercado. Ocupa um dos últimos bancos do coletivo, próximo da porta de saída. No canto. É um banco mais alto que os demais. Sobre a roda traseira direita. Uma senhora senta-se a seu lado. Jorge Nelson vacila antes de atravessar a roleta. O coletivo põe-se em movimento. Novos passageiros, subindo em outros pontos, impelem-no a ir para trás. Há um lugar do lado oposto. Também no canto. Teme sentar-se e perder o indivíduo de vista. Contudo, não pode ser notado. Pede licença a uma jovem. Senta-se. Tenso. Do outro lado, o homem parece tranquilo. É o mesmo que o assaltou? Recorda:

Dá essa merda aqui, peão!

Rumina: "Vou matar esse puto!", alisa o cabo da arma. "Safado! Agora tá gastando o meu dinheiro suado. Deve estar com o bolso cheio... Minha grana e a dos outros." Olha em volta. E se assaltasse o ônibus todo? Ia levantar um bom dinheiro. Aproveitava e dava um tiro no sujeito. Elas por elas! A ideia esquenta-lhe o rosto e repinica a circulação. Uma senhora idosa, procurando assento, estende os olhos até os fundos do coletivo e dá de encontro com os dele, que imediatamente pensa no insucesso da ideia. Não, ninguém tinha nada a ver com o caso. Só aquele indivíduo. "Também, nunca roubei! Não vou me sujar. O negócio é com ele."

Há gente de pé no corredor. Tenta enxergar o homem. Não o vê. Pede licença à moça do seu lado. De pé, observa: "Cadê o cara?" O ônibus está parando. Empurra algumas pessoas, pois o sujeito já está nos degraus.

Vai descer!... – sussurra para não ser notado.

Consegue. O outro parece não o ter visto ainda e caminha tranquilo. Jorge Nelson imagina-o caído em meio aos pacotes. Vários tiros nas costas. "Não, é melhor um só. Na cabeça. Assim dá tempo de fugir e o cara nem grita." A fronte lateja. Sua frio. As axilas, duas esponjas encharcadas. Tráfego intenso nos dois sentidos da avenida. Calçada pouco movimentada. Luzes aconchegantes no dentro das casas acocoradas. O perseguido parece feliz. Dúvidas reproduzem no outro inúmeras imagens do assalto que o vitimou. A vingança a ser concretizada tem no passado recente a sua justificativa. O crime alcança os últimos patamares de sua determinação. A distância garante um tiro certeiro. Jorge Nelson vai sacar a arma. O outro dobra uma esquina à direita. Rua íngreme e em curvas. Iluminação precária. Algumas meninas descalças descem cantando. Televisores parecem acesos em todas as moradias. Programas iguais repetem seus sons. "Melhor – pensa –, assim ninguém vai ouvir o tiro. Será que não?..."

Tragédia nas Filipinas. O furacão Sugi arrasa 10 aldeias, matando mais de 100 pessoas e deixando mais de 2.000 desabrigadas... – ouve do interior de uma residência.

Encostado a um muro, debaixo de uma árvore, prepara o ataque sobre a sua presa, que parece ajeitar-se melhor com os pacotes, após uma pequena parada durante a passagem das meninas.

A crueldade coloca-lhe o revólver suavemente na mão. "Agora te mando pro inferno, filho-da-puta. Não vai assaltar mais ninguém." Um prazer imenso envolve-o. Mentalmente seguro. Fisicamente forte, rijo. Aponta a arma. Faz mira. "Se errar, descarrego tudo."

Outras crianças descem gritando:

Paiê!... Paiê!... Paiê!...

O revólver entra em ação: *clic! clic! clic!*

O outro percebe. Agacha-se, deixando cair o pacote e a sacola, e abraça fortemente as duas meninas. Jorge Nelson desce a ladeira feito um susto detonado. Ganha a avenida. Atravessa-a sem pensar no perigo. Caminha, caminha rápido, corre, a arma na cintura, o coração acelerado, "... e se o revólver tivesse bala? sangue o homem caindo no meio das crianças eu criminoso a firma ia ficar sabendo eu ia perder o emprego Tânia e as crianças meu Deus! e a polícia? a cadeia? não não matei ninguém ele me assaltou foi ele que me assaltou tenho provas..." Que provas teria? Negara-se a ir com os demais passageiros dar queixa no distrito policial.

Não adianta nada. Polícia e ladrão é tudo farinha do mesmo saco – dissera na oportunidade e rumara para casa, amargando um profundo tédio.

Agora... Se a arma tivesse disparado? E se o sujeito o perseguir? Certamente o matará. Olha para trás. Ninguém. "... abraçou as filhas... deviam ser filhas... canalha! com meu dinheiro... era o mesmo cara? só podia ser... era ele mesmo... era? desgraçado!..." Ondas de angústia sobem e descem. A garganta aperta. Os lábios secos. A rua escura dificulta o sentido do caminho. Já virou em várias esquinas, "... onde estou, meu Deus? que bairro é esse? ... e se tivesse bala? o cara ia cair morto no meio das crianças... e as balas? a Tânia tirou... foi a Tânia... foi?..." Agradável lembrança da mulher. O que era aquilo que vinha atrás do pavor? Estava rindo, querendo ver o rosto de Tânia. Ela tirara as balas do revólver! O barulho dos automóveis puxa-o para a realidade visual. Está de novo em uma avenida, outra avenida, que não conhece. Caminha. Um ponto de ônibus. Pessoas carregam cansaço. Olha-as. Seus olhos estão mortiços. "Elas também sofrem..." Respira fundo. Observa em volta. Ao longe. Estará sendo perseguido?

Moço, dá um trocado pra ajudar minha mãe!...

Um garoto magrinho estende-lhe a mão, fixando-o com um olhar de súplica.

Jorge Nelson, já dentro de um ônibus, a caminho de sua casa, não entende por que deu uma nota graúda ao garoto, que se foi feliz pela rua. E tenta compreender a razão de ter os olhos tão suavemente úmidos e quentes, enquanto uma leveza parece inundá-lo.

DESENCONTRO

Poucos anos de casado e meu sono conturbou-se.
Era um tempo de indecisão. Eu, cada vez mais, macambúzio. Às vezes, dormia doze horas corridas, em flagrante descontrole. Depois, os compromissos comprimiam-me.
Sofria de insatisfação aguda.
Era também um tempo de afetos falsos. As mulheres se aproximavam com suas tochas de paixão, ateavam-me fantasias e se recolhiam na seriedade de uma relação amistosa e casta. Por vezes eu ficava, desejo em brasa, coberto pela cinza do respeito, a aliança estrangulando o imaginário. Minha autovigilância acentuou-se. Toda ereção extraconjugal passou, discretamente, a ser retida com firmeza. Era a vida. Aprumei a gola da responsabilidade, abotoei os punhos do pudor e resolvi, definitivamente, tornar-me um grande chefe de família, para honra e glória do internato de padres onde eu fora educado.
Superei a insônia e o sono em demasia. Aperfeiçoei o nó da gravata e segui.
Primeiros meses daquela empreitada de rigidez: êxito! Mas logo a experiência mostrou seu resultado desastroso. Deprimido, com o moral vacilante, encontrei abrigo nos braços de uma cliente que, só mais tarde, eu soube de seu ofício. Era uma prostituta de luxo. Ela me recuperou (com todo o cuidado de não se apaixonar por mim) para o destino que eu havia traçado. Saí do relacionamento enfaixado por algumas dívidas e

acometido por uma gonorreia. Minha esposa não fez qualquer estardalhaço. Conteve-se. Não a contagiei. Protegi a família constituída por nós dois. Após duas dezenas de dias, antibióticos devolveram-me às relações sexuais normais, de uma posição só, no escuro, uma vez por semana, após o jantar. A partir de então, contudo, o tratamento de "bem", que ela me dispensava, passou a ter certa aspereza.

Assinei revistas eróticas, que foram abarrotando as gavetas da escrivaninha. Advogando só, sem funcionário, mantinha os tais periódicos longe da vista dos clientes. Um dia minha curiosidade, repentinamente, ficou ereta. Em uma seção de cartas da revista Prazer Café, encontrei um apelo com o seguinte teor: **Amor delícia discreta. Sou jovem e bonita. Detesto escândalos amorosos. Gostaria de me relacionar com um homem de meia-idade que soubesse fazer amor sem pressa. Minhas ancas dão quebranto. Mulata Recatada.**

Comecei a desabotoar o interesse. Cheguei a escrever um bilhetinho sensato, com tratamento de Vossa Senhoria, mas rasguei e resolvi procurar outra correspondente com menos segredo em seu apelo. Consultei as revistas Orgasmo Atual, Gozo Ação, Fêmeas, Sensualição, Tesão Ariana, Morenaço e outras. Queria uma aventurazinha que me desafogasse do matrimônio e seus limites. Entretanto, nenhuma daquelas revistas trazia a interrogação excitante da Prazer Café. Encafifei e caí, de súbito, em uma reflexão que, se fosse para nomear, poderia se chamar "possibilidade de amor sem pressa". Para alguém como eu, que passara a trabalhar duplamente, no intuito de impedir a justificativa da esposa para procurar emprego, aquilo era uma antítese atraente, antítese também ao meu passado de coroinha e jovem carola.

Sem pensar na possibilidade de trote, comecei a bolar mentalmente uma carta à "Mulata Recatada", esquecido dos apelos de outros periódicos do erotismo, apesar de suas promessas explícitas de felação, coito anal, garantia contra AIDS, ajustamentos vaginais, posições inéditas e outros atrativos de indiscretas pessoas que se ofereciam para correspondentes.

Em um desses começos de noite, quando o intenso calor só nos dá vontade de apenas jantar conversa fiada com cerveja e tira-gosto, fui até a Associação, no Bairro do Bixiga.

Cheguei por volta das 19h30, sem nenhum arrependimento de faltar às obrigações profissionais que me aguardavam à noite. Cumprimentei Francisco, porteiro desde a fundação da entidade, e me dirigi ao bar, onde apanhei uma "gelada". Depois em me sentei a uma mesa do amplo salão de dança muito bem encerado. Havia poucas pessoas. Nenhuma eu conhecia. Logo após o primeiro copo, um impulso afetivo veio-me delineando a carta. Peguei um guardanapo de papel e fui escrevendo:

Prezada (e deixei em branco)

Há algum tempo, emprestaram-me uma revista em que, depois de folheá-la, encontrei sua proposta de correspondência.

Muito me alegrou sua ligeira preocupação com os escândalos amorosos que levam as pessoas, quase sempre, ao desespero do desamor.

Tomo a liberdade de parabenizar sua proposta de correspondência e, achando-me no grisalho próprio da meia-idade, candidato-me, com humildade, a ser seu correspondente.

Aguardando resposta...

Neste ponto, ouvi a voz de Sinval:

Sumido!... Quanto tempo, doutor!... – e deu-me um forte e efusivo abraço. E precipitamos um chuvisco de amáveis confetes verbais.

Ele era contador e prestava serviços gratuitos à Associação Bom Crioulo. Havia insistido, várias vezes, para que eu participasse mais em prol da raça. De minha parte, sempre apresentei desculpas. No fundo, era meu medo de ser acusado, por quem quer que fosse, de racista às avessas, revanchista... A Associação, de tempos em tempos, promovia atividades culturais, com palestras, discursos. Surgiam, então, pessoas radicais. Eu não queria me envolver. Afinal, se o fizesse, poderia ser malvisto até mesmo por minha clientela. Sinval, em nome da nossa amizade, perdoava-me a falta de cooperação. Além do mais, ele conhecia os nítidos traços germânicos de minha mulher.

Depois que sorveu todo o conteúdo de meu copo – símbolo de nossa camaradagem que remontava ao serviço militar –, contou-me as novas de sua vida e rabiscou, com gestos ligeiros no ar, seus objetivos. Levantou-se e foi buscar mais cerveja. Aproveitei a ausência do amigo, reli o meu bilhete, dei um fecho rápido. Anotei a destinatária, Mulata Recatada, entre aspas, dobrei e coloquei-o na carteira.

Como vai a Associação, Sinval? – perguntei assim que ele voltou a se sentar à minha frente.

Vou te contar, Pedro, mês passado quase nós fechamos. Não fosse o deputado chegar da África (que ele andou viajando por lá) e a coisa tinha ficado "branca" – acentuou. Riu gostosamente e continuou: *Chegou justamente quando o oficial de justiça já estava dando em cima da gente. Sabe como é, o homem agora é do partido do governo... Deu dois telefonemas e tudo ficou ajustado.*

Muito dinheiro a dívida? – manifestei minha falsa preocupação. Jamais eu havia colaborado com um centavo além do recibo de sócio.

Chiiii... Tanto que agora o negócio é dar um baile atrás do outro. Hoje, por exemplo, véspera de feriado, começamos. Como amanhã é sexta-feira, ficam emendados quatro bailes.

Bem, então, hoje vai ter? Mas o Francisco não me cobrou nada?

Sócio não paga, Pedro. Do sócio a gente fatura é no bar.

Bom...

É, mas a cervejinha precisa ser consumida, entendeu? Você está incumbido de pagar mais uma, hein! Uma dúzia!... – e riu como sempre, de vento em popa. Acompanhei Sinval na risada e me senti bem mais à vontade.

Já estávamos na quinta garrafa e quilômetros de conversa, quando chegou à nossa mesa uma mulher lindíssima. Cumprimentou Sinval e, voltando-se para mim, lançou-me uma piscadela de vertigem. Ou apenas imaginei?

Sinval apresentou-me a moça, com preâmbulos elogiosos, como era de seu feitio, e, percebendo a empatia que se estabelecera entre mim e ela, encarou-me e selamos um acordo em silêncio. Conversou mais uns dez minutos e, depois de uma desculpa qualquer, saiu, dizendo:

Logo volto.

Não voltou. Fiquei para o baile e me esqueci nos encantos da mulher. Alta, curvas estonteantes, usava um macacão azul-claro, cabelos bem alisados, na voz uma rede oferecendo descanso. Chamava-se Adelaide.

Já não me lembro o que disse, mais tarde, ao telefone da secretaria da Associação. Minha esposa pareceu não gostar muito e desligou o aparelho com certa brutalidade. Só na manhã seguinte eu poderia estar em casa, "por motivo de trabalho".

Ao sair da pequena sala, observei: Adelaide dançava com um desconhecido. Esperei de pé, disfarçando. Acabou o samba-canção. Largaram-se. Ela veio a meu encontro e retomamos a nossa – repentinamente nossa – intimidade, em um partido-alto que encheu o salão, naquele momento, consideravelmente povoado. Minha reprimida paixão pela dança abraçou-me com as recordações da juventude. Eu já sentia o quanto, o quanto de Adelaide faltava em minha esposa.

Madrugada, minha vida mudada na troca de calor sob o lençol. A porta de meu coração escancarada. Dentro, Adelaide, prometendo não sair.

Algumas semanas de felicidade suprema e desculpas esfarrapadas em casa. Eu já calculara várias introduções do diálogo rumo ao divórcio amigável. Minha mulher não ajudava. Fazia-se de desentendida. Certa noite o telefone tocou. Eu acabara de chegar do trabalho. Era Adelaide. Tumultuava o nosso trato de não precipitar as coisas. Trazia na voz uma justificativa adorável: saudades. Estivéramos juntos na véspera! Convidava-me para uma festa íntima logo mais. Sério, provavelmente até sisudo, eu respondia com monossílabos.
Fui à casa de Adelaide, carregando o peso de mais mentiras (devia analisar e preparar um pedido de habeas-corpus urgente...). Passei antes no escritório para me apossar de um álibi.

Adelaide morava sozinha, por opção, segundo ela, em uma quitinete muito bem decorada. A família residia na cidade de Campinas. Em São Paulo, ela estudara Assistência Social, formara-se e exercia a profissão.
Dei boa-noite ao porteiro do prédio, que me respondeu, dizendo:
Boa-noite, Seu Pedro! O senhor... A dona Adelaide teve que sair um instantinho, mas deixou a chave. Disse que não demora.

Estranhei. Agradeci. Quando já estava à porta do elevador, ainda o porteiro:
Ah, o senhor pode ver se é pra dona Adelaide? Não está no nome dela não, mas é o número do apartamento. Quem sabe algum parente... Trouxeram agorinha mesmo – finalizou, estendendo-me o envelope.
Um choque! Destinatário: Mulata Recatada.

Quando Adelaide chegou, eu ruminava rancor. Repeli seu beijo. Ela caiu do sorriso.
O que houve, Pedro? – balbuciou.
Dei-lhe as costas e fui até a janela. Sua festinha particular, que eu percebera na arrumação dos copos e flores, perdera para mim todo o sentido. Eu incorporava o papel de um marido candidato a crime passional. Ela se desvencilhou do pacote que trazia e tocou-me docemente:
Vamos conversar. Por favor...
Sentei-me, com a tensão aumentada. Ela aconchegou o embrulho no colo e começou a soltar-lhe a fita adesiva. Um lindo bolo confeitado surgiu. A cada movimento delicado, ela parecia recuperar a calma, enquanto em mim o tumulto interior crescia mais ainda.
Fiz alguma coisa de errado – foi perguntando – *justamente no dia do meu aniversário? É por causa do telefonema que você está assim?*
Explodi:
Vai me explicar, sua puta! Que negócio é esse de Mulata Recatada? Quem é esse tal de Lúcio?
Eu agitava o envelope ainda fechado. Estava transtornado. Vociferei e, após tantos outros impropérios meus, saí, esmagando na porta seu quase gemido:
Eu não sei, eu não sei de nada...

Dirigi em alta velocidade. O duplo sentimento de traição inundou-me com um turbilhão de imagens violentas.

Antes de chegar em casa, estacionei na frente de um bar. Desci em busca de bebida forte. Após o último gole de um conhaque barato, lembrei-me que o envelope estava no bolso de meu paletó. Eu o violei, sem pudor, e passei a ler o que não me era endereçado:

"Prezada Adelaide,

Há algum tempo emprestaram-me uma revista em que, depois de folhear..."

Era na íntegra o texto de minha cartinha, mas datilografado com esmero. Meu nome como signatário e, abaixo, inúmeras ofensas de baixo calão. Por fim o nome revelador. Não era Lúcio, mas Lúcia. Meti a mão no bolso e puxei a carteira. O manuscrito, ali esquecido, desaparecera.

Entrei em casa, temeroso e confuso, porém pronto para iniciar uma separação litigiosa.

Na sala, sobre a mesinha de centro, encontrei meu manuscrito. Embaixo dele uma carta. Era a despedida que desfazia um lar. A ausência de Lúcia ricocheteava pelos móveis. Meu injusto ódio contra Adelaide empurrava-me para um angustiado abismo.

Do espelho à minha frente, a solidão fitava-me com um olho castanho e outro azul. Flechas de vazio traspassaram-me o desejo de ser feliz.

O DITO PELO DITO BENEDITO

rajada de medo e este arsenal de incertezas. eu por todos e nenhum por mim. arriado em desânimo insociável, insalubre. cadê a brisa? dei por mim no deserto. arte é deserto. oásis amargo na própria boca. grito de misericórdia. tiro de misericórdia. eu devia fazer com que todos entendessem isso: mexer no cocô da memória e tapar o nariz. o que fiz, deixando tanto sonho se afogar no mar daquela travessia? vaguei. agora fico fincado em um chão de dias iguais. raiz no asfalto. de repente, areia movediça de desejos *absurdos-mudos*. um esforço tamanho sem possibilidades. até mesmo o jogo de cintura se foi. adoeço. contemplo o tempo escoado e vejo a foice se apoderar do sol. entranhas na cova. ossos já frios. tenho um certo espanto de estar a cavar em mim mesmo uma sepultura. enterro todos aqui. meto a pá da desilusão por cima. vou sangrar no copo para servir aos amigos que restarem nas ruas do encanto. tenho dó da saudade. ela fica à porta de casa, mendigando. endureço o cenho e não dou nada. pode morrer à míngua! só sei procurar a distância. não aguento mais os pormenores dessa coisa pegajosa sempre dizendo não, talvez, quem sabe. a obrigação de polir a pele, saco! sorrir é um *lapso-laço*. muitos nele se enforcam várias vezes por dia. há os que fizeram cordão umbilical de minhas palavras. abandonei a placenta. desejam agora que eu me dane. sei. adoeço, infelizmente. tenho culpa no cartório. eles podem me crucificar, mas não os salvarei, nem lhes dedicarei o meu epitáfio. não vim aqui para imitar cristo.

ele se candidatou à pureza. eu também. jesus foi eleito e eu não obtive nem meu próprio voto. agora ganho outra estrada. sei aonde vou parar. a meta é o impenetrável desconhecido, esse aporrinhador da nossa ânsia de viver. preciso seguir esta trilha. ir em um caminho só. perdi muito tempo *estabanando-me*, ajudando o próximo. mifo! o próximo sou eu. "tu" é uma hipótese nem sempre agradável. furtarei toda paz que encontrar pelo caminho. vou seguir. não tenho mais pena dessa gente que vive mostrando ferida putrefata. narcisos das mazelas. cuidarei das minhas dores. meu egoísmo anda sangrando. tem osso já exposto. demoro para abrir depois que fecho as mãos. tenho calos de tanto eu bater martelo em ponta de faca. entortei algumas. outras me cortaram os punhos. martelo às vezes escapa. um ser-sucata sou. meu alimento é a recordação das trombadas. masco chiclete em brasa...

    e por aí afora. eu nesse estado, eles vieram me estudar. eu era um que escrevia e publicava depois de inúmeros cheques pré-datados.

    ora, ora, já se viu...? vamos estudá-lo. é de outro planeta. preto que escreve. já não foi provado que são incapazes de operações intelectuais? quando muito, conseguem fazer como o outro que se flagelava com a poesia. asinha de anjo começou a crescer, mas ele desconfiou da virgindade racial da democracia e teve ereções críticas. pronto: asinha foi encolhendo até sumir. não pôde ir pro céu. esse de agora ainda é agressivo. vou lá ver.

    eu também.

    e vieram, com seus olhos azuis de vontade de serem azuis. dei alguns poemas. analisaram e riram. não havia erro de concordância. discordância de princípios não agradaram nem um pouco. não enverguei a espinha como eles tinham solicitado. ofenderam-se. foram embora, levando um pouco de mágoa e

muita decepção. juravam vingança... até que veio outro. rei na barriga. olhava-me de cima da montanha de livros que havia lido. ou apenas anotado autor e título. veio para me ensinar como se faz literatura. eu disse apenas:
liberdade!
ah, achou que eu era louco. espetou-me os sonhos em uma lança de marfim e foi sacudi-los em angola, dizendo:
vocês conhecem? o dono está doente. precisa de um tratamento revolucionário. não para de nos acusar de racistas.
depois voltou. deu-me conselhos, bibliografia, alguns panfletos, o boletim do militante, textos de agostinho neto e costa andrade. **tudo é uma questão de classe**, escreveu como dedicatória. li como quem vai redigir tese. almocei, jantei, quando fui arrotar: **raça!**
retornou um dia o tal. espetou-me de novo os sonhos e foi sacudi-los em nova iorque.
olha, aqui está uma visão defasada. o articulador só pensa em dor. precisa receber uma dose de progresso black. ainda faz macumba. não gosta de música ao piano. não curte o duke ellington. e tem mais, andou chamando o shakespeare de racista. ainda sente rancor. não quer alisar os cabelos nem fazer trancinhas rastafári para poder balançá-los ao vento!
e devolveu-me os sonhos cansados de viajar. nem bem descansei de suas investidas, carregou de novo espetadas as minhas visões oníricas. colocou-as aos pés do ex-presidente do senegal. disse lá que eu estava tentando imitar a negritude e era um preto prato cheio. podia ser multado por plágio. bateu de novo à minha porta. entrou e foi direto à estante. queria saber das minhas leituras. ficou mexendo, indisfarçadamente com o bumbum arrebitado. eu havia amaciado pandeiro quando era moleque. depois, não mais. **será que assim se manda?**, pensei e disse:

arria!
ele arriou, oferecendo-me o enorme queijo de minas. comi fatias boas no momento. depois mandei que ele fosse peidar n'água. foi. deve ter se afogado por lá. deus o tenha. tive uma forte indigestão. corri pro boldo bem verdinho. que delícia!... depois me pus à frente da máquina. não era tempo de computador aquele. meu cão aconchegou-se-me aos pés. aqueceu-me. queria uma história, daquelas que me faziam ficar horas a fio equilibrando-me no trapézio da criação. assim que dei início...

julião entrou sem bater. acendeu seu intelectual cachimbo e perguntou-me se eu sabia da loucura do evandro. disse a ele que não. então me garantiu:

ele ficou louco porque se engajou no movimento negro.

eu retruquei:

o contrário pode ser. só fica louco o negro que nunca se engajou. vive a se esconder da consciência até perdê-la de vista.

veio a reação. nela dizia ser eu também um candidato ao manicômio, que não adiantava lutar, os brancos tinham tudo, ascender curvadamente era a única saída, e um monte de outras coisas juntas aos tufos de algodão que lhe iam saindo pelas narinas. quando exausto, caiu na poltrona. ventilei-o com o espanador de pó. ofereci boldo. insistiu preferir uma fatia de queijo. respondi que o cara tinha ido embora.

mas apareceu uma louquinha para experimentar você, não foi? – perguntou.

queria o queijo ou a *rosa-dela*. respondi:

era uma tábua, meio quadrada. não dava pra mastigar. não valia a pena. e também se mandou, depois de analisar minhas qualidades literárias e comparar às dos africanos. ela sonhava grandezas. acho que se decepcionou, deu pane em seu sistema de medida.

julião acalmou sua intransigência. aceitou o boldo, mas com limão. passou a falar em tom mais brando, lamentando o internamento do nosso amigo. à porta de saída, eu lhe disse:
pode contar com a minha visita pro evandro. posso levar alguma coisa?
ele franziu a testa e descarregou, quase gritando:
leva juízo! fala com exu. e, conforme for, leva juízo bem ensanguentado, tá bom?
e saiu, fazendo faíscas com seus saltos carrapetas.
fui pra cozinha. joguei o café na xícara. pensei na mania de falar gritado do julião. dizia ele ser um traço cultural afro... quando fui adoçar, tive um estalo. corri à sala. justo: julião tinha levado o livro "o negro revoltado", do abdias. era a primeira edição, comprada em livraria sebo. droga! então, era aquilo: fez cena, falou alto, gesticulou, tudo para roubar um livro.
meti o paletó. alguém bateu. meu cão cheirou a porta. empinou o rabo ao máximo. gemeu de alegria. abri. era vovó.
evém eu de novo, meu "fio".
acendeu seu pito, depois de descansar a bengala. ficou fumando histórias, horas seguidas. depois me pediu os únicos trocados e se foi. meu cachorro acompanhou-nos até a porta e depois retornou para fazer sua rodilha. esperei que ela sumisse na esquina. fui atrás do meu livro.
não está. falou que ia até sua casa! – e me bateu seu mau humor na cara.
parecia estar um pouco nervosa a mulher do julião. encostei-me no muro para esperá-lo. passou uma tartaruga carregando um bicho-preguiça... a mulher de meu amigo abriu de novo.
desculpe. quer entrar? – perguntou, sorrindo.

um tanto sem jeito, lá fui eu suportar a tentação. a mulher era o que havia de exuberância. umas pernas de dar tontura. pedi água com açúcar depois de meia hora. os filhos fora. ela insistia em conversar sobre o marido, com as pernas bem cruzadas. eu via. tinha feito a primeira comunhão olhando meio de lado. até que ela pediu para ler um poema.
tomei a liberdade de me colocar no ponto de vista masculino. o julião não gostou. mas quem sabe você...
abri a audição, que os olhos eu não conseguia mais. da voz *docelicada*, ouvi:

> *adentro esta manhã*
> *pelo sol*
> *aberto no horizonte*
> *de tuas pernas*
>
> *verão umedecido pelo orvalho*
> *entro e saio*
> *nossas mãos são pássaros*
> *no dia despertado*
>
> *súbito subimos ao máximo*
> *penas no espaço*
> *despencamos*
> *no colo*
> *da tarde*
>
> *a noite vem saindo leve*
> *lenta*
> *pelos nossos poros*
> *e na voz*
> *uma canção do cosmos.*

não aguentei: viva a mulher do próximo! resultado: vexame. levei uma descompostura de sair fumaça pelos olhos e... *rua!*

lá fui, com a vergonha, a moral e os bons costumes a me sovar com cascudos de arrependimento.

acalmei a fervura do rosto no primeiro bar, sem ver quem estava a meu redor. **preciso esperar o julião antes que ele entre. senão vai ser aquele forrobodó. da esquina dá pra ver**, pensei e segui.

nem bem chego, passa a viatura. dá marcha-à-ré. descem os guardas. pedem-me documentos, depois de colocarem duas metralhadoras apontando-me o rosto e um cano de revólver entre as costelas. expliquei-me, carteira de trabalho aberta. aguardava um amigo. o mais graduado deles zombou:

não está esperando psicóloga, não é? pelezão foi um só, viu, meu chapa! se aparecer outro, eu capo!

a língua do sujeito parecia até uma navalha de satisfação ao pronunciar a ameaça. senti medo, depois asco de me lembrar daquele mendigo estuprado por uma mulher de classe média. o medo foi maior. acheguei-me um pouco mais meus testículos. o policial saiu rindo com seus parceiros, dentre os quais um afro-brasileiro mais escuro que eu. meus dentes caninos cresceram. eu era o primeiro vampiro negro da história. queria uma vítima que fosse rica e racista para espetar minhas presas no pescoço. depois ela cumpriria a sina de me trazer mais súditos. nisso, veio vindo um bêbado. pensei: **é chupar o sangue desse aí e fico de porre e não vejo julião passar.** essa cautela fez-me encolher os dentes.

me dá um cigarro, patrício!

dei.

tem fogo?

cliquei o isqueiro. acendeu calmamente e foi soltando uma fumaça vermelha.

o que é isso? – perguntei, assustado.

é sangue gasoso – respondeu, rindo. *da nossa gente. apenas estou fumando o passado, o presente e, quem sabe, o futuro. tem muito sangue largado por aí tudo. agora o governo tá mandando pra dentro. tem uns caras da raça que chegam: quanto é? você diz. se valer a pena, eles te metem a agulha. só que tem de sair com dignidade junto. senão os caras não querem.*

deu outras baforadas e prosseguiu:

dignidade pra fazer cavaco, politiquice. branco dá migalha e põe cangalha. e os patrícios é que andam vendendo a gente. já não bastou a escravidão?

eu ia tentar discutir, mas ele não me deu tempo. afastou-se com um balé curvilíneo. algumas baratas no meio-fio puseram-se a cantar:

cai, cai, pingão
cai, cai, pingão
aqui sobre este chão.

vem roncar
vem roncar
vem roncar
nunca pense em acordar.

ele esmagou algumas e desapareceu na esquina, com uma nuvem rosa sobre a cabeça, uma das suas baforadas.

voltei a pensar em julião. se ele já tivesse passado, na certa eu não mais veria a primeira edição do meu "negro revoltado". voltei ao portão da casa. tudo escuro. não, ele sempre ia

dormir depois da meia-noite. trabalhava até as tantas. contava dezesseis filhos para sustentar e sonhava com sua entrada na academia mulata de letras. ao me virem à tona as investidas literárias de julião, pensei: **pode ser que tenha esquecido de dizer: levou o livro emprestado. mas não é possível. ele deve possuir esse livro. não lê quase nada, mas coleciona tudo...**
    e assim estava tentando superar meu egoísmo, quando senti uma ponta nas costas.
    passa tudo, meu! nem um pio. vacilar, morre. rasgo sem dó.
    ainda bem que, antes de sair de casa, eu tinha feito uso do vaso sanitário. mas, minhas pernas... eletrocutadas. eu sem um puto centavo no bolso. até que me lembrei de um pobre relógio parado há meses no pulso. ia oferecer, mas não consegui abrir a boca. um bolo na garganta. **palavras, queridas minhas, como vocês são covardes na hora do choque!**, lamentei em pensamento. a ponta nas costas espetou-me um pouco mais. o cara dizia grosso a ameaça. de vez em quando desafinava. isso me demonstrou o teatro. não era tão bandido assim. **baixo-profundo de araque.** no auge do perigo estava eu a fazer troça em pensamento. sem dar conta, as palavras saíram-me à revelia:
    muito prazer, eu sou barítono.
    o cara, então, riu gostosamente e virou-me pelo ombro. era o evandro com o olhar cheio de contentamento. abraçamo-nos.
    brincadeira, brincadeira, brincadeira... só queria te pregar um susto, ditinho. eu não sou disso, você sabe...
    depois de algum tranco na respiração, relaxei:
    e então? disseram-me que você enlouqueceu...?
    ele riu de novo, mostrando nenhuma falha nos dentes.
    bobagem. piada de mau gosto. é que agora faço parte de um grupo de negros superdotados. não tenho culpa de ter Q.I. 150.

andam falando que é uma associação de loucos. nosso presidente é o afanil. o sujeito tem 230. é um fenômeno. até já foi estudado.

o nome não me era estranho. alguém havia me falado dum sujeito, com apelido de foulook. era um tal que ora se dizia advogado, ora médico africano e aproveitava-se de qualquer grupo negro para faturar alguma verba. arrisquei a pergunta:

tem dinheiro na coisa, evandro?

ele fez muxoxo. esticou os lábios e respondeu:

lógico. dinheiro de um branco. um empresário. o camarada é um pintor de mulatas. diz que o médico recomendou para as horas vagas como tratamento da impotência. mas, apesar desse pequeno senão, apostou em nós. é um branco negreiro. adora samba e não viaja sem ir ao terreiro antes. é isso: o pessoal que está criticando não percebeu o alcance do nosso projeto. já conseguimos financiamento para vários projetos de importância para a comunidade. por exemplo, um levantamento de negros que ganham acima de 10 salários mínimos. depois vamos distribuir nomes e endereços dos caras para todos os mendigos e favelados da raça. vamos ver se a solidariedade funciona.

tirou o olho esquerdo de vidro e disse-me:

segura pra mim, dito.

segurei. limpou o buraco com um lenço de seda amarelo.

mas, e a massa, a maioria de nossa gente? não vai ser pesquisada? – questionei.

ele piscou para mim com sua pálpebra murcha e argumentou:

a massa, com o tempo a gente modela. sempre foi assim na história.

depois disse alguma coisa parecida com "revolussim"... o ruído de um avião encobriu-lhe a fala. em seguida me apertou a mão com força e se afastou apressadamente. o evandro já do outro lado da rua, gritei:

evandro, teu olho! – mas ele nem me deu pelotá.

desisti. coloquei a bola de vidro no bolso do paletó. tentei calcular o tempo em que estava ali à espera de julião. um oco por dentro. não consegui. evandro levara-me considerável parte de meu poder de raciocínio.

mas será o benedito! – gritei, em tom desesperador.

são benedito apareceu à minha frente.

pode falar, meu filho. de terça-feira também sou ogum. pode pedir, xará!

fiquei encabulado com tanta solicitude, mas fiz minha queixa. ele *introssaiu* de mim, prometendo resolução desde que eu acreditasse. me deu um sono... encostei no muro da casa de julião e, nem bem abaixei as velas da vigília, fui sacudido. era o amigo esperado.

vamos entrar – falou, puxando-me pelo braço.

já na sala, ouvi conversa vindo da cozinha. apurei os ouvidos. a mulher dele falava a uma criança, que repetia:

sou negro, és negro, é negro, somos negros, sois negros, são negros.

julião percebeu minha curiosidade e logo me pôs a par:

é a mulher tomando a lição do mais novo. o garoto deu pra ter insônia. dorme quase nada e acorda assustado, perguntando por que não é branco. aí, ela não perde tempo. sem a lição da dignidade na ponta da língua, como é que vai competir nesse mundão, não é, benedito?

ele me ofereceu uma bebida forte. **ben..dita [[[:::seja a con..[..tradição**, pensei torto e *conturbêbado*. em seguida deu-me um branco. não sabia o que me levara até ali. o amigo ajudou-me.

quando julião disse-me pela milésima vez – acho – não ter pego o livro e jurou pelo seu sucesso literário, saí. a esposa dele (alívio) não revi. cheguei à rua. o pensamento era uma lesma exausta. com aquela ausência de mim, andei um tanto de ruas e parei em sinal de respeito. um nissei e um casal de noivos loiríssimos deitavam um trabalho na encruzilhada. esperei. abriram garrafas de uísque e saquê. baixou um guia e cantou um ponto em quioco. desceu outro e gorjeou um trecho de ópera. segui meu caminho. dei por mim no largo do paissandu. a lua pareceu o olho do evandro no céu. um vazio em volta... (((rajada de medo. arriado em desânimo insociável. raiz no asfalto(((... aos pés do monumento uma oferenda. acima, a mãe-preta, imóvel, com o menino branco no colo abocanhando-lhe a teta. zunido de inseto sonâmbulo: zzzzzzzz... um sono abelhando-me as pálpebras. entre tudo e nada consigo pensar pausando ((([[[[... conseguiram... lept lept lept lept . ..+++++eternizar+++++...'"('('esta humilhante ama... chup chup chup... mentação...sssssss... devem estar querendo ma... ?%?%?%.. mar a vida inteira!!! dá vontade de pôr no lugar a estátua de luiza{{{{{mahin com uma arma na mão... mas pode ser um truque. quem será?????????? por detrás dela vem receber o despacho?.. (((((((((!)))))))

 desperto! olho a gamela. meu livro lá, junto à canjica, feijão-fradinho, bicho de pata sacrificado, velas acesas em volta. faço menção de apanhá-lo. o sagrado barra o impulso. da igreja da irmandade nossa senhora do rosário dos homens pretos sai um padre negro. batina azul e branca. pés no chão. um ar de decisão afetuosa.

 pode pegar. fui eu quem pôs aí. era mesmo pra você. o juízo também está de volta. no sangue.

 uma brisa me percorre.

 mas, deixa aí o olho do rapaz. é dele. não serve muito. é verde, viu? esperança de vidro na cara de patrício é bobagem – diz e ri.

jogo o olho na gamela. beijo-lhe os panos. ele me afaga a cabeça e volta para de onde veio. passo a mão no **revoltado** que é muito meu e saio disparado de contente. quem levou até ele se perder, não sei. deixo, na primeira encruza, cigarros e fósforos pegos sob o monumento. um raio de fogo me esquenta o peito. no meu céu de dentro um meteoro traça uma trajetória de maravilha. alegria saltitante regendo a harmonia das estrelas. carícia de veludo sobre mim. agora os passos deixam marcas verdes por onde passo. tudo é possível neste imenso abraço. auroras nascem no rosto da paciência. na boca, florescem-me todos os sabores da redenção futura. é manhã e a mesa está posta para os amigos e os que tentaram fazer-me inimigo. o perdão conquistado nos jardins de mim enfeita o ambiente novo desta plenitude. armadilhas enferrujadas no museu da memória. aves multicoloridas batem asas no iluminado túnel das pupilas. palmeiras cantando uma puxada de rede diante do mar da esperança: *e nana ê...ê nagô... ê nana ê... na ê.. puxá...* o azul aflora suas nuanças de infinito. bundas livres cadenciam em um partido-alto do mais alto estágio do espírito. deuses de todos os matizes achegam-se para dançar. olorum energiza-me a praça livre do coração. o útero da noite se abre. ouço o vagido. nasce o crepúsculo, gargalhando após o choro uma explosão de cores sobre a cópula coletiva envolvendo a terra, o fogo, a água, o ar. abro a porta para que adentrem todas as saudades e as recebo irmãs na planície de meu carinho. viver todas as sementes do destemor! corada em melanina, a coragem rege os tambores de uma nova vida e um novo canto. todos os oceanos fecundam-me o sangue e os continentes juntam-se-me à carne, emergindo a imensidão de ser. deitado em profunda contrição, o egoísmo atinge o erê e é cuidado pela sabedoria do amor. colho diferentes e saborosos frutos em cada esquina de olhar.

em toda boca há um beijo pronto. as estátuas cumprimentam todos, livres de suas imobilidades. supérfluos os documentos de boa vontade. a memória se desnuda e inicia o toque. bato cabeça neste terreiro em louvor ao universo inteiro, na frequência ininterrupta do nascimento das galáxias...

    e por aí adentro, abraçado ao **mistério revoltado**. eu neste estado e eles hesitavam, vermelhos em suas vergonhas. meu cão, acolhedor em sua ternura sem fronteira, late, abana o rabo, anunciando as visitas indecisas. vovó tricoteia sonhos, ri bondades profundas nos olhos e

VIDA EM DÍVIDA

Vais morrer, negrinho!
Num te fiz nada. Tô pagando o cigarro, num tô?
Com o dinheiro que me roubaste ontem, malandro! Pensas que não sei?
Não fui eu.
Vais dizer que foi a minha mãe, então? A hora que eu saí pra ver o incêndio na dona Rosane, estavas na esquina, não estavas?
Mas não roubei nada.
Já é a segunda vez que me aprontas, moleque! Vou mandar te dar um jeito, pode deixar... Pois não, dona Maria?... – e o comerciante passa a atender uma freguesa.

Paulo Roberto pega o troco com as mãos trêmulas. Um dos empregados da padaria olha-o e sorri, camuflando os dentes. O garoto abaixa os olhos e sai. Sente um frio por dentro, apesar do verão de 40 graus. Aliás, o olhar do homem atrás da máquina registradora fora profundamente sinistro. Não era o Seu Manoel de todo dia. Inquieto, o garoto vai pelos cantos da rua, na tentativa de encontrar o abraço de alguma sombra. Mas, ao meio-dia, é demasiada a magreza das sombras.

"Filhos de rato! Fodo-os! Só servem pra pedir. Ou então roubar. Fodo-os! Vão roubar o diabo, se quiserem!" Com esses pensamentos, Seu Manoel fecha o estabelecimento bem mais cedo, desculpando-se dos que tardam no aperitivo. Precisa tratar de negócios.

Aonde 'cê vai, Paulinho? – pergunta a pequena.
Quando a mãe chegar, fala pra ela que eu fui ver um serviço lá na cidade. Só volto amanhã.
Mas eu vou ficar sozinha de novo?
Daqui a pouco o Leo chega da escola. Fica brincando aí. Lá em cima da mesa tem pão e manteiga. Olha, esse chiclete eu comprei pra você. Mas não é pra sair, tá bom? Entendeu, Telminha? Quando a mãe chegar, você fala assim que eu deixei um negócio na mala dela, tá? Não esquece.
Ah, mas eu vou ficar sozinha?... – choraminga a irmã, tentando, com a força de seus 4 anos, convencer Paulo Roberto a não a abandonar.
Eu trago um presente pra você.
Você nem tem dinheiro.
Tenho sim – responde e tira algumas notas do bolso.
Mas é pouco.
Eu vou ganhar mais.
Vai nada.
Vou sim – responde o garoto e fecha a porta do casebre com um fio de arame enrolado em um prego fixo bem acima da altura da irmã. E sai, seus magros 14 anos suportando emoções de temor. Tem de partir para não mais voltar. Mas mandará dinheiro. Como um homem, desses que viajam sempre. Está consciente do perigo rondando. Não faz uma semana que seu colega Demerval foi assassinado com vários tiros. Um mês antes, a vizinha fora morta a facadas pelo marido. A vila anda violenta. E, apesar das preocupações da mãe, Paulo Roberto está convicto: precisa se afastar da região. Sai convencido também de suas responsabilidades. É o mais velho dos três filhos. Gosta de se sentir o homem da casa, já que o pai sumiu desde o nascimento da irmã. Mas sentir-se homem implica

conseguir dinheiro, o que é difícil. O dia de ontem foi rentável, mas trouxe o perigo, acompanhado do frio por dentro. Vai atrás da turma do Bebeto, na Praça da Sé. É sexta-feira e pode conseguir alguns doces para vender no fim de semana em portas de cinemas, teatros, campos de futebol, junto a semáforos e outros pontos. Onde andará o Padre Batista, que tanto protegia a molecada, sobretudo os que queriam trabalho? Lembra que o religioso estivera muito doente. Um medo repentino impede-o de respirar por um instante. 5 da tarde. Retoma o fôlego. Tenta fumar, em busca da coragem. Mas advém a antiga tosse.

Seu Manoel sua sob o lençol. A noite parece não ter fim. Ainda havia insistido:
Não tem tanta pressa.
Mas o outro:
Vai ser é hoje mesmo. Amanhã já pode ser tarde. Tô mesmo sem outro serviço!...
O homem falava e mantinha os olhos ameaçadores. Receberia no dia seguinte. O comerciante temeu:
Não, homem! Podem desconfiar. Toma lá. Adianto a metade. A outra parte pegas depois de uma semana. Combinado?
O sujeito apenas riu, guardando o dinheiro no bolso. Depois fechou a cara e acendeu um cigarro, fedido que só, prendeu a fumaça com esforço para, em seguida, soltá-la entre os dentes, satisfeito.
Todos os detalhes do "serviço" rodopiam na mente de Seu Manoel. 2 horas da madrugada e nada de vir o sono. Às 3, ouve a gritaria e os tiros ao longe. São vários estampidos. Treme, sua mais e cobre-se até a cabeça. A mulher acorda.
Estais tremendo como vara verde, homem!?
A gripe me pegou.

Espera lá que te vou arrumar um remédio... Ai, meu Jesus! A favela já está em confusão de novo – diz a mulher, caminhando no escuro até a cozinha. Chá de hortelã e uns comprimidos colocarão o marido em forma.

Um automóvel passa cantando os pneus. O tumulto à distância diminui. Após tomar o preparado, o padeiro cai em sono profundo. Desperta com um pesadelo no encalço. 5 horas. Troveja. Está atrasado para o trabalho.

Neste dia, o comentário é um só: o crime. E quando dona Teresa, a mais faladeira do bairro, chega sacudindo o guarda-chuva e se queixando do mau tempo, que esta não é hora de chover, o mundo anda virado, Seu Manoel já queimou a mão no forno, errou no troco, discutiu com o copeiro e deixou cair dois copos. A mulher puxa conversa:

Seu Mané, essa noite a coisa foi feia na favela. Mataram o Leozinho, o filho mais novo da Lucinda...

Já ouvi um milhão de vezes essa história. Diga lá quantos pães queres que eu tenho muito trabalho! – corta o assunto.

A mulher não gosta da censura:

Dormiu em cama de prego essa noite? Mas garanto que não entraram na tua casa, nem mataram teu filho com tiro na cabeça, não é?

O comerciante impacienta-se e pede para o empregado da copa atender a mulher, que não deixa por menos:

Teu patrão parece que tem culpa no cartório, Geilson.

Que isso, dona Teresa! Ele tá é com um resfriado forte.

Seu Manoel assoa o nariz.

No dia seguinte, o Jornal do Crime anuncia: **Garoto morre com chumbo grosso na cabeça.** *O menor, L.R.S., de 11 anos,* *morreu assassinado na madrugada de ontem, quando um indivíduo de cor branca invadiu seu barraco e fez vários disparos. A polícia suspeita de ajuste de contas entre quadrilhas ou possível envolvimento amoroso da mãe do menor, Lucinda R. dos Santos, com o assassino que se evadiu do local. Moradores da Vila Ré estão assustados com o aumento da violência.*

Sem que termine o prazo para o pagamento da segunda parcela, o dono da padaria cerra a porta antes do habitual, dispensa os empregados, embriaga-se e sai. Quando chega ao local combinado, bate palmas. É um barraco em terreno baldio.
Entra! – vem a ordem.
Seu Manoel obedece. Depara-se com uma mulher que, pelos trajes, destoa com o ambiente.
Quero falar com o Sinistro.
É pra entregar o pacote pra mim.
Que pacote que nada!
Você não é o cara da muamba?
Muamba uma ova! Eu vim aqui reclamar. Diga pra ele que ele matou o moleque errado. Que a segunda parte eu não vou pagar. Fez serviço porco. E tem que me devolver o dinheiro que eu já dei. Senão ponho a polícia no caso! – desabafa e se afasta transtornado.

Uma semana depois. Os fregueses da Padaria Boa Primavera ficam sem pão. Quem caminha para outros estabelecimentos não deixa de ouvir a desgraça. Dona Teresa acende suas elucubrações e afia a língua:
Deus que me perdoe, mas deve ter sido vingança do outro filho da Lucinda. Nunca mais vi o moleque!?... Seu Manoel era tão bom!...

AH, ESSES JOVENS BRANCOS DE TERNO E GRAVATA!

Foi onte meio-dia, tá entendendo? Eu ia indo na minha caminhada, ali na Rua da Independência. Quando eu vi que os guarda tavam me seguindo, parei pra ter certeza que tinha saído com os dicumento, num sabe? Meti a mão no bolso e tirei. Tava tudinho ali: profissional, RG, CPF e o que fosse!... Eles ficaram sem jeito. Passaram por mim. Num disseram nada. Sim, eram dois. Isso! Tavam fardado, de cassetete e revólver na cintura. Mas, como eu ia dizendo, eles se foram. Aí lembrei que precisava pagar uma conta no Banco Suor do Povo, que fica justamente naquela rua. Fui. Caminhei um tanto e cheguei lá. Vixe! Tinha u'a fila comprida que nem solitária véia. Fazê o quê? Peguei a rabeira e fui naquele passinho de tartaruga. Na minha frente tinha um casalzinho conversando. O fulano era um desses... Como é que fala mesmo? Ah, sim, isso: executivo. Parecia. Todo de terno e gravata, malinha... Mas era novo. Molecão querendo ser home. A moça parecia mais gente pobre. Calça de brim, camiseta... Eu num sei bem o que ele falou antes. Mas isso eu escutei muito bem. E o sujeito falou alto. Desse jeito:

O Brasil não vai pra frente por causa desses preto e desses baiano. Essa gente é que é o nosso atraso. O governo devia acabar com todos eles...

Isso é coisa que se diga? E eu sou preto e sou baiano! Tenho vinte ano de São Paulo, mas sou baiano, oxente! E o danado disse mais. Eu escutei com essas oreia que a terra há de comer. Disse assim:

Se eu fosse o governo, fazia com esses preto e esses baiano o que Hitler fez com judeu.

Aí meu sangue freveu! Bati no ombro do cabra. Quando ele virou, eu escarrei na cara dele!...

Mas, Seu delegado, eu lhe juro, não fiz mais nada. Tenho inté testemunha. O cabra morreu mesmo foi do coração.

ENTREATO

> "Difícil lição de vida
> tentar aprender esquecer você!"
> *("Boletim"* – Jamu Minka)

Envelopado na manhã, o TEU adeus foi deixado sob a minha porta. Olhei pela janela: nenhum lenço ao vento, apenas o ódio desfraldado naquelas páginas, com todas as cores berrantes. Minhas justificativas de nada adiantaram para amenizar os primeiros dias. Ficaram pedantes no decorrer de algumas horas. No domingo seguinte, eu me tranquei em casa, pensando besteiras. Muita violência em jogo. Não comi o dia todo. Não atendi telefone nem campainha. Uma solidão rochosa em torno. Não bebi. Não fumei. *Concentraído* o tempo todo na minha perda irremediável.

Há muito tempo não chovia. Vasculhei com esperança as nuvens do céu. Nada. Lá fora, o dia também se petrificara.

O único desejo que se apresentava era o de sangue, sangue aos borbotões, quente, vivo, para me livrar daquela rejeição desértica, áspera. A consciência, no entanto, metia luz em cima dos projetos pacientemente concebidos e negava o fundamental: o direito moral de colocá-los em prática. Eu fraquejava de momento, andava pela casa e, depois de alguns passos, eu já adquirira de novo meu direito de praticar aqueles crimes terríveis, porém salutares em minha condição miserável.

A noite chegou sem avisar e surpreendeu-me com a arma na mão. Era o último projeto, assim concebido: eu mandaria flores. Junto com elas, uma carta das mais lindas, onde eu proporia uma amizade profunda, a partir de uma resignação farta de humildade. Diria mesmo não querer vê-LA, considerando ser o mais propício. Muitas as expressões de desculpa, sem pieguice, no entanto. Usaria toda a arte da mentira travestida de sinceridade, pureza e compreensão. Faria a figura de um velho amigo. E ensaiara até como colocar as mágoas, os rancores, o ódio, tudo dentro de um baú inteiramente decorado de ternura. Com o tempo, e após os testes inúmeros que TU farias para provar a minha sinceridade, teríamos um encontro. Conversaríamos coisas outras. Eu falaria até de um novo amor e, depois de certo constrangimento, receberia de TI um sorriso cúmplice. Em seguida, essa mesma cumplicidade se transformaria, a partir de próximos encontros, em uma confiança sorridente. Até que um "acidente" me colocasse de cama. Então, por meio de telefonema, eu denunciaria minha condição de enfermo, recusando de pronto a TUA visita.

Não, não é preciso. O pior já passou. O quê? Não se trata de desconfiança, Zulmira... É que não precisa mesmo. Estou bem...

Mas TU virias. A maquiagem estaria perfeita no meu rosto e a enxurrada contida nos bastidores, a enxurrada vermelha da minha vingança. Quando a maçaneta virasse, eu sentiria que a serpente de meus músculos se preparava.

Entrarias no pequeno apartamento. Eu me sentiria o melhor ator do mundo. Braço engessado, algumas marcas de mercúrio cromo, joelho enfaixado. Mancar seria fácil. A compaixão TE despertaria o antigo afeto. Eu veria em TEUS olhos as fagulhas do nosso amor. Então, quando desviasses o olhar de mim, a faca de ponta sairia debaixo de meu travesseiro e tudo seria sangue, muito sangue, gritos (eu queria ouvi-los!) e satisfação...

Mas, saltando pela janela, a noite surpreendeu-me com a arma invisível na mão. A consciência acendeu a luz. De novo! Eu premeditando um crime?... Realizado o flagrante da minha miséria, ante a testemunha de mim mesmo, o nada tomou corpo com a totalidade da desesperança. O derradeiro plano esvaiu-se inteiro.

Vencido, assim, pela lucidez, envolto na escuridão, ouvi a Tuausência girar a chave na fechadura. Acionou o interruptor. A sala clareou-se. Ela, emoldurada na porta, fixando-me.

Loira, como sempre foi, vestia roxo e tinha olhos de cor verde-musgo. Nos lábios finos, uma ironia cortante. Por fim, sorriu com toda a plenitude de seus dentes de ouro, inteiramente carcomidos. E disse, depois de largar sua bagagem no chão:

Voltei. E desta vez para ficar.

A fatalidade percorreu-me a espinha em um relâmpago gelado. Abaixei os olhos. Em suas unhas, contemplei o esmalte marrom, realçando sobre a palidez das mãos, pés e pernas enraizadas de varizes azuis. O sapato aberto continuava o roxo do vestido, cuja barra cobria levemente os joelhos. Quadris um pouco realçados, cintura exageradamente fina, busto nenhum, ela tinha o talhe de quem sofrera correções de perfil. Um nada de nádegas.

Mexeu os cabelos, exibiu o vento. Alicateou seus olhos nos meus. Não tive saída. Capitulei.

Sim. Está bem – e curvei a cabeça.

A partir de então, Tuausência passou a conviver diariamente comigo, debaixo do mesmo teto.

No princípio, como sempre acontece com os casais que voltam a conviver depois de separações litigiosas, houve a delicadeza de esgrima na luta pelo espaço. Sem dúvida, ela acabou ganhando, depois de destruir todos os TEUS pertences. Encheu o guarda-roupa com vestidos, camisolas e muitos penhoares. Meu paletó, calças e camisas passaram a ficar no varal (sujos), sobre as cadeiras e mesmo pelo chão. Quanto às cuecas, ela não as suportava ver e as metia debaixo da minha (nossa) cama de casal.

Passei a ostentar no rosto as marcas das unhas de Tuausência. Nossas brigas eram frequentes e sua agressividade não se intimidava diante da minha força. Ela apanhava muito, mas sempre reagia com suas lâminas naturais, os olhos que se amarelavam e muitos xingamentos.

Um dia resolveu dar uma festa. Concordei para evitar mais atritos. Ficou dengosa, pegajosa, "bem" pra lá, "benhê" pra cá. Na semana, tratou-me como seu namorado; às vésperas, eu era um noivo; e, naquela noite, um marido bem adulado. Seus convidados – pois eu já me divorciara da amizade – eram uns tristes alcoólatras. Todos brancos. Cantaram, o tempo todo, sambas-canções de amores perdidos. Trataram-me com deferência, sobretudo quando me enchiam o copo. Não faltaram os elogios à minha alma branca. Bebi com eles até de madrugada. Ao todo, éramos treze na tal *festa-patê-de-sardinha-e-gim*. Não vi quando saíram. Eu havia ido ao banheiro vomitar os meus excessos e perdera a noção do tempo. Quando voltei, a sala estava vazia de gente. Tuausência masturbava-se na cozinha, enquanto comia os últimos restos de patê. Alternava a mastigação com profundas tragadas em um cigarro sem filtro. Olhei da porta e tive ímpetos violentos. Ela não se intimidou, continuando suas fricções, o come-come e fumaças. Atingiu o orgasmo com um grande urro. Uma garrafa de gim, que estava vazia sobre a pia, partiu-se. Tuausência espumou pela boca, dizendo com sarcasmo:

Por que não vem, nego filho-da-puta?
Minha vista escureceu. Só parei de esmurrá-la, quando percebi que ela não esboçava reação, exceto o riso e o olhar de quem tem garantida a vingança. Meu ódio pegou-me pelos colarinhos e pôs-me para fora de casa. Fui procurar consolo na manhã que já raiava. O sol, entretanto, não me ofereceu nenhuma porta ou janela para respirar outra vida. Voltei para o estreito corredor do cotidiano.

Tudo recomeçou. Eu saía, ela ficava em frente da televisão, o cigarro entre os dedos. Quando à tarde eu retornava, brigávamos. Eu não tinha mais sonhos. Só pesadelos. Em um desses nossos reencontros, depois da habitual troca de murros e arranhões, deixei-me cair em mim. Olhei-a. Era deplorável seu rosto e sinistra a ironia que nele se mantinha. Fui vencido pelo primeiro soluço e desabei. Chorei todos os tonéis envelhecidos desde a minha irremediável perda. Ela saiu da sala em direção ao banheiro, rindo a princípio, gargalhando depois. Eu a esqueci por um tempo de completo vazio. Ao me sentir aliviado, fui procurá-la para tentar uma conversa que nos possibilitasse uma tolerância menos violenta. Estaquei próximo à porta. Uma sombra balançava. Dei mais um passo e vi! O cinto enlaçava Tuausência no pescoço, ligando-o ao cano do chuveiro. Estava nua, inteiramente roxa, *enormentumescida* língua pendurada e olhos saltando. Quando fui tocá-la, a campainha soou. Tremi. Alguém girou o trinco. Corri ao encontro, empurrado pelo pânico.

Eras TU, entre os lábios um sorriso com a ternura de todos os marfins. Os olhos, dois sóis negros irradiando a aurora polar da minha vida. TEU rosto jacarandá, aconchegado na crespa e noturna auréola dos cabelos, era o desenho da minha paz. Abraçamo-nos.

Fusão de eternidades.
O cadáver apodreceu no banheiro naquela mesma noite. Restaram apenas cinzas. Ao raiar a manhã, eu as recolhi e usei para adubar a samambaia que trouxeste.

UM LAPSO

O Chulé? Ah, bobeira o que aconteceu com o Chulé. Vou te contar. Só porque confio em você, mano. Mas se me dedar... Ah, você é gente fina. Desculpe.

Bem, no Chulé eu dei dois tiros. E ele não era caguete. Caguete merece mais, não acha?

Não, não estou estranhando você. Mas é bom deixar tudo acertado entre nós. Vou dividir essa história. Mais ninguém vai ser dono dela. Só nós dois. Faço isso porque confio.

Faz cinco anos, e eu aqui na boa. Fiz cena, até enxuguei umas lágrimas no enterro dele. Ninguém desconfiou. No meio da rapaziada, jurei vingança. Se pegasse o cara, o que matou o Chulé, enchia ele de azeitona. Mandava ele comemorar vitória do São Paulo junto com São Pedro. Teve gente que riu igual você está rindo agora.

Quer mais um copo? Essa cachaça é de alambique. Meu sogro deixou curtindo uns dez anos... Não... Essa aqui não dá ressaca mesmo.

Mas, como eu estava te contando, depois que eu cheguei em casa, comecei a rir da minha marmotagem no enterro. Mas, de repente, me deu uma tremedeira esquisita, rapaz! Comecei com uma tosse, que acabou virando soluço. Foi aumentando e... Acredita que eu chorei feito criança, mano! Não foi como no enterro, não. Era como se alguém estivesse dentro de mim, torcendo a minha vida igual se torce roupa molhada. E eu que nunca tinha chorado, nem no pau-de-arara daquela vez do assalto do supermercado, lembra? Nem daquela vez, com choque elétrico e tudo!... E vê só, ali em casa, sozinho, eu parecendo um bundão, rapaz... Foi a primeira vez que eu fiquei com vergonha de mim.

Me dá um cigarro do teu. Ando fumando pra dedéu... Comprei um pacote domingo. Você vê, hoje é sexta, e já acabou.

O quê? Não. Eu não queria matar o Chulé. Sério... No fundo foi uma coisa besta.

Ele ficou naquela de dizer que ia me acertar a grana, mas nunca acertava. Pô, quem tinha bolado a transação tinha sido eu! Ele ajudou, tá certo, mas devia me respeitar, na hora marcada chegar junto com a grana. Ficou com aquela onda de só deixar recado de *tem mosca na sopa, tem mosca na sopa*. Uma semana depois que tudo estava acertado com os gringos, o cara com aquele papo de *mosca na sopa?*... Eu queria a sopa, amizade! Aí, mandei o recado: *Não sou otário! Amigos, amigos, negócios à parte. Ou acerta o trato ou te acerto, Joãozinho.* É... O nome dele era Olegário. Eu chamava ele de Joãozinho quando percebia que ele queria dar uma de João-sem-Braço. Tanto que ele deve ter percebido meu humor. Deve ter pensado: *É mais uma história do Pinhão...* E continuou naquilo de *dá um tempo*, ou então *tá tudo em cima, dá um tempo pra limpar a área...* Ahn? Que nada! Não dava pra gente se encontrar. Tinha tira no lance. A coisa funcionava à base de bilhete que ele mandava. Mas eu andava no sufoco. Aquela grana tinha endereço certo. Eu queria dar um tempo com a malandragem, entendeu? Você, no Carandiru; o Timbira, com aquela história do carro-forte, levou tanto pau que ficou pinel; o Leandro, você soube, os homens fizeram ele de peneira. Os caras que pintavam na área, não dava pra encarar nada com eles. Tudo vacilão! Eu tinha até combinado com o Chulé: a gente armava o negócio da "farinha", com aquela categoria, pra não deixar nenhum furo, e saía fora, ia tomar um refresco bem longe. E, justamente, eu tinha que acertar uns dividendos com uns advogados e uns tiras chegados e, depois, tomar um chá de sumiço, numa boa. Eu ia montar minha tenda num outro terreiro, entendeu? A Glorinha entrou numas de querer filho... Sabe como é mulher... Daí que foi me enchendo o saco aquela história do Chulé. Eu não podia ficar esperando a vida toda.

É, pode pôr mais um pouquinho pra mim. Gostou, né, malandro? Não te falei que a caninha era boa? De alambique! Ah... ah... ah...

Aí, de repente, o Chulé passa uma semana sem me mandar nenhum recado. Eu pensei: "A grana subiu na cabeça dele". E olha que a gente tinha levado esse papo na responsa, tintim por tintim. E ele:

Não, Pinhão, não precisa ficar batendo nessa tecla. Eu não vacilo. Já vacilei alguma vez contigo? – e arregalava aquele olhão dele.

É, ele nunca tinha vacilado. Chegou a levar muita porrada e nunca me dedurou. Mas, naquela situação, eu querendo sair fora pra ajeitar a vida, não dava pra aguentar. Saí farejando. Mas não adiantava. Um recado dele dizia que ia mudar de "mocó". E ninguém sabia dele. Cheguei a dar uma pequena prensa no *aviãozinho*, mas o moleque recebia os bilhetes em casa.

Naquela noite mesma que eu dei um rolé, depois de a Glorinha ter me torrado o saco, falando que eu devia apagar o Chulé, entrou por baixo da porta o último bilhete, marcando local e tudo. Vinha assinado "Chuchu". Você lembra, não é? Quando ele estava numa boa, queria ser tratado de "Chuchu"...

É, mano, eu também achava ele uma figura. Mas vai escutando o resto da história.

Depois daquele aviso, não sei por que eu fiquei cabreiro. Como a grana era muita, eu saí carregado na munição. Se o Chulé quisesse me tirar da jogada, ia ter de ser muito malandro e muito macho. Pus bala até no meio do cabelo. Dei um giro pelo local. Tudo tranquilo. Aí, olho pra frente do prédio, o Chulé numa janela, bem à vontade. Me viu lá de cima, acenou, sorrindo. Subi. Juro que, de ver o Chulé daquele jeito, fez minha cabreiragem ficar mais mansa. Sabe, o cara ali, cabelinho cortado, ar de bacana, alegrinho... Era meu camarada que estava lá, meu camarada de fé. Subi o elevador meio que perdoando o cara. Só por precaução eu segurava o cano. Quando a porta abriu, ele estava lá, com uma garrafa de champanhe na mão. Me abraçou. Me mandou entrar, assim:

Tudo em cima, Pinhão. Nenhuma poeira. Tudo na graxa, mano!

Mas, quando eu entrei e vi aquele luxo da sala, sofazinho, tevê, vídeo, tapete e os cambaus, me subiu um desejo de dar um susto nele. Coisa de moleque, entende? Sério mesmo. Eu nem sabia de quem era o ap. Nem fiquei sabendo. Eu não ia matar o cara.

Ele foi buscar a minha parte. Veio com uma sacola cheinha. Chegou na minha frente, abriu o zíper. Só verde, só verdinha, cara! Olhou pra mim e disse:

Pinhão, dá pra montar uma fábrica de sorvete.

E ainda falou, rindo:

E, por lembrar disso, comprei uma lata pra você festejar – e foi andando pra cozinha.

Você sabe que eu sempre fui amarrado em sorvete. Desde pequeno. Mas, naquela hora, eu lá queria saber de sorvete!

Meti a mão na grana. Passei o bipe em algumas notas. Assim, um pacote aqui, outro ali. Parecia que tudo "estava em cima". Nada falsificado. Dei uma geral, enquanto ele ficava falando um monte de bobagem e rindo. Aí, fui atrás do Chulé pra fazer a molecagem.

Meti a sete-meia-cinco no peito dele e disse:

Tudo bem, Chulé, vamo acertar as conta. Eu já sei de tudo!

Ele tremeu. Ficou pálido. E aí:

Pinhão, meu camarada, deixa pra lá. Nossa amizade vale mais, cara. Isso é coisa que acontece. Ela insistiu. Eu juro. Eu só comi a Glorinha uma vez. Ela insistiu, Pinhão! Me chamou de bicha!...

Quando dei por mim, o Chulé estava caído com um tiro no peito e outro na testa.

Nunca pensei, rapaz! Nunca pensei!... Meu melhor amigo...

O quê? A Glorinha? Ah, esse é outro segredo que você vai ter de guardar. Ela está aí, enterrada bem debaixo da tua cadeira.

COLUNA

Tanto tempo de trabalho sedentário, Ernesto passou a doer na coluna. Emplastro, tranco para espinhela caída, banho de luz, forno de bier, pílulas e pílulas. Ernesto, dor na coluna.

Foi ao Centro Caboclo Itiberê. A namorada é que havia insistido. No íntimo, ela estava mais preocupada em dissipar dúvidas sobre seu amor já partilhadas com a melhor amiga, que lhe havia proposto o apelo religioso. Ernesto, a princípio, desdenhou o convite. Depois de um tempo, viu que era uma esperança. E tentou conter o assédio de experiências passadas.

Sexta-feira. Cantoria, roupa branca, gente girando, tambor comendo solto.

O terreiro ficava pra lá de longe. Lá, onde se podia dizer, Judas tivesse deixado as mágoas, o remorso e a corda. Era uma casa espaçosa em meio a um capinzal. Alguns arbustos raquíticos e contorcidos davam ao lugar certo aspecto misterioso, quase macabro. A lua nova lambia a paisagem, espalhando sua saliva de luz prateada.

Na primeira fileira de bancos, Ernesto mantinha sua atenção distante, resistindo ao calor ambiente. Com esforço interior, chegara à tranquilidade imaginária, exercício mental aprendido com o pai e suas inúmeras lições de como ser um homem de verdade. Da finada mãe não queria lembrar-se, embora o ambiente sugerisse sua presença.

O ritmo aqueceu o recinto. Flora, a namorada, tinha os olhos cheios voltados para a sua amiga que, naquele momento, fazendo parte da roda, beirava um transe. A gira envolvente não permitia à Flora preocupar-se com o companheiro, apesar de ambos aguardarem a consulta espiritual.

Nenhuma entidade havia descido ou, quem sabe, saído dos recônditos de cada médium.

A perna esquerda de Ernesto tornou-se, de repente, pesada, passando a formigar. Sua reação foi imediata. Bateu várias vezes o pé no chão. Sentiu o prenúncio de outros incômodos. Apelou para as suas reservas interiores, chamando, com fé, os princípios paternos de superioridade masculina sempre. Não podia mostrar fraqueza ao lado da namorada, nem tampouco diante da coleguinha desta, que dançava lentamente, realçando o que se afigurava a ele uma tentação de peito e nádegas.

Os movimentos da sessão aumentavam o calor. Uma gota fria desceu pelas costas de Ernesto até a cintura, onde se dissolveu no cós da calça.

Ele já não se lembrava mais da dor, preocupado estava em se manter firme e distante da cerimônia. O tambor, as cores em movimento de roupas e colares, a luz das velas, tudo lhe minava o pensamento.

Flora! – disse, com a voz chumbada. – *Preciso sair. Vou tomar um ar lá fora.*

Flora não ouviu e recebeu um tranco no braço. O namorado fez-lhe um sinal com a cabeça em direção à porta. Nos seus olhos uma sombra movendo-se ao fundo.

Espera aí, meu bem – respondeu ela, toda sorriso. Ernesto não cedeu. Levantou-se. No terceiro passo, o pé esquerdo formigou. Ele tentou apressar. Formigou o direito. Comichão quente do chão foi subindo pelas pernas. As ordens, de si para si mesmo, em vão. Quando a sensação chegou à altura da cintura, os dedos das mãos começaram a principiar outro calor.

Braço e ombro sendo tomados, e Ernesto tentando se arrumar, querendo ar puro, gritando protestos que só ele ouvia. Veio uma onda de euforia a produzir contínuo tremor. No peito explodiu uma bola de fogo. Uma luz intensa na garganta desfolhou uma imensa gargalhada que encheu o salão.

A namorada ouviu a mãe-pequena dizer:
Vem consultar, vem, Flora...
E ela, hesitando nos passos, aproximou-se da entidade, tentando reconhecer o namorado. Sem tempo de análise, recebeu um cumprimento cruzado de ombros e abraço. A seguir, a bênção das baforadas de um longo charuto. Quando as mãos lhe percorreram da cabeça aos pés, realizando o descarrego, sentiu que duas lágrimas turvavam-lhe a visão, saídas de um profundo bem-estar.

Naquele mesmo momento, sua amiga recebeu uma Pombagira acentuadamente sensual.

CARRETO

Quinta, dia de grande feira no Bairro do Butantã.
Cedinho, em meio à cerração, ele segue ladeira abaixo. Com o pé pressionando um breque de borracha, sustenta o carrinho de madeira que desliza sobre duas rolimãs, atrás, e uma roda de betoneira, à frente. Com os carretos de hoje, deverá conseguir, no mínimo, dinheiro para o remédio, cuja receita se encontra amassada no bolso. Se o dia for bom, ainda sobrará para as balas e um maço de cigarros.

Faz frio e a blusa que a mãe recebeu na casa da patroa não lhe aquece bem a magreza. No estômago, pão e café puros torcem-se.

Força o calcanhar. O carrinho vai parando. A roda dianteira no ar, suspensa, gira livremente. Segue a Avenida Corifeu de Azevedo Marques, interrompida por escavações para saneamento básico. Entre buracos e montes esparsos de terra e asfalto destruído, empurra, sustentando as alças de madeira, que rolimãs sem asfalto não deslizam. Pés descalços, ele vai com a esperança de conseguir trabalho. Sente-se adulto aos 13 anos. Pensa na doença do irmão. Está resoluto: "Vou conseguir o remédio."

9 horas. Só um carreto para uma senhora. Não combinara o preço, crendo na generosidade dos velhos. Hora de pagar, a mulher dá-lhe só a metade do que costuma cobrar. Reclama,

porém ela revida com um desdém, dando-lhe as costas. Engole em seco.

Na rua principal de acesso à feira, muitos garotos oferecem serviço. Têm idades variadas. São movidos pela responsabilidade que a pobreza lhes impõe.
É aceito por uma senhora. Um outro surge e disputa:
Moça, eu faço mais barato.
Perde a paciência. Dá um tapa no adversário. A mulher resolve:
Nenhum dos dois! – e chama um outro, que a acompanha sorrindo.
"Cacete! Ia dar uma nota...", pensa, com ódio nos olhos, enquanto o concorrente foge.
Resolve adentrar o movimento. Oferece-se para transportar compras, mas sua voz some em meio à gritaria dos feirantes. Continua, insiste:
Olha o carregador! Olha o carregador! Olha o carregador!
O céu estronda. Pressa nos passos. Os carrinhos que as mulheres transportam, para evitar despesas com os meninos, são arrastados com mais vitalidade.
Rente a uma barraca, aproveitando a agitação, apanha uma jabuticaba.
Ô, macaco! Fora daqui, tição apagado! – o feirante grita.
Olha o carregador!... – insiste no seu pregão.
Hei, vem cá! – alguém intima. E continua: *Dá o carrinho aqui.*
É um funcionário da prefeitura. Duvida. Mas é verdade. O homem robusto leva seu ganha-pão, dizendo ser proibido. O menino segue-o sob uma fina chuva que se inicia. Já próximo às barracas de peixe, observa o tumulto fora da feira, para além

do pasteleiro. Dois homens lançam seu carrinho de tábuas em meio a outros sobre um pequeno caminhão quase repleto. O barulho de madeira contra madeira lasca a esperança. É o rapa que, periodicamente, é realizado não se sabe por ordem de quem.

Pô, a molecada nem pode trabalhar sossegada!... Maior trabalho de fazer um carrinho, chegam essas caras e... – resmunga a outro colega, sustentando um pedregulho para atirar contra os homens.

Chovem pedras. Trovejam gritos. Desencadeia-se uma correria de homens e moleques.

Traga com dificuldade a forte bituca de cigarro pega no chão de um boteco. Evita, com esforço, a tosse. Fugiu da confusão, depois de também lançar algumas pedras contra os funcionários municipais. Mas perambula ainda pela feira. Está decidido: só voltará para casa quando arranjar o dinheiro do remédio.

Sem nada para adoçar a vida, põe-se a mastigar planos amargos. Olho nas bolsas. "O Gulinho vai sarar!", repete consigo mesmo, medindo as possibilidades. O vento espanta as nuvens e o sol acalma o vaivém na feira. Uma velha de óculos dourados, cabelos brancos, bem trajada, compra tomates verdes e grandes. Pende de seus braços, pálidos e murchos, uma bolsa branca de crochê. Na mão esquerda, anéis e alianças; na direita, algum dinheiro enrolado.

Um salto. Um grito. Outros gritos de *Pega ladrão!* Inicia-se a fuga. Ágil, o menino ultrapassa o obstáculo de transeuntes. Em seguida pula um muro de quintal, mas é surpreendido por empregada de vassoura em punho. Lembra-se da mãe, em uma faísca de tempo, e volta atrás. Na calçada de novo, surge feirante em seu encalço, muito próximo. Foge em direção ao Rio Pinheiros e, por uma rampa de terra, rola rumo à Avenida Marginal. Um caminhão-tanque brecando, derrapando, roda dianteira direita rumo à cabeça do fugitivo... Para! A menos de 1 metro de distância. Desce o motorista esbravejando, chega o feirante afobado. Põem-se a falar, suspendendo o pequeno assaltante, que apresenta escoriações pelo rosto, pernas, braços. A bolsa é arrancada a safanão. Uma tenaz peluda aperta-lhe fortemente o braço. Arrastam-no ao encontro do guarda gordo e afogueado.

Trombadinha, hein!?... – diz o policial, com um sarcasmo retorcendo-lhe a boca.

Algemas, banco de trás da viatura, olhar em pânico, encolhe-se espremendo a lágrima necessária que teima e sai.

Ô, neguinho! Desce!

Ele desperta de um outro mundo. O policial empurra-o pelas costas, enquanto o motorista já caminha à sua frente com uma prancheta debaixo do braço. Sobem uma escada.

Recebe ordem para sentar-se diante de um escrivão. Chega o delegado.

Nome?... Idade?... Onde é que mora?...

Depois, mandam-no para o "chiqueirinho", uma pequena cela em um porão, já com a alcunha de "Pelezico", que o investigador alardeia, diante dos outros presos, acrescentando:

É preto e tá com a camisa do Flamengo.

Alguns risos e chacotas.

No chão dorme um bêbado balbuciando. O garoto procura se acomodar na pequena cela superlotada e fétida. Está entre adultos. Busca a receita no bolso. Desapareceu. Apavora-se, prostrado por um imenso cansaço. A noção de tempo se vai em um cipoal de pensamentos, ramagens de sonhos e troncos de medo...

A mãe abre a porta e entra furiosa.

É isso! Puxou o pai direitinho. Só falta andar caindo bêbado pela rua. Seu moleque desgraçado! Praga dos infernos... Como é que vai roubar dinheiro dos outros? Fala, praga! – e agride-o com tapas na face esfolada. Depois segura-o pelos cabelos e vai batendo-lhe a cabeça na parede...

Que gritaria é essa aí, moleque? – diz alguém.

José desperta do pesadelo repentino. Os demais presos olham-no. Pelas grades, um policial dirige-se a ele:

Levanta, pivete! Vamos sair.

À porta da delegacia, a perua do Juizado de Menores. Levam-no.

Fundação do Menor – FUMEN. Assistência Social. Sala bem iluminada. Uma mulher ruiva ocupa-se em ler. O garoto observa, levantando levemente os olhos. Mantém, contudo, os músculos retesados. Às suas costas, a porta trancada. Nenhuma possibilidade de fugir. Em volta não há qualquer instrumento para fazer uso em sua defesa. Depois de um silêncio comprido, ela o encara. A voz forte e agressiva inicia pelo recém-apelido: "Pelezico!"... Primeiro, perguntas formais, depois, ela questiona a intimidade. José torna-se mais seco e ríspido. Não quer se emocionar. Até que se emburra e não fala mais. Gulinho chora no fundo de seu peito, lá no cômodo e cozinha da Vila Indiana. Sem o remédio. É preciso protegê-lo, que a mãe só volta de suas faxinas tarde da noite.

O BATIZADO

Barulho de garrafa estilhaçada.

JOANA com as mãos no rosto, a vergonha queimando as faces. Seu temor da desarmonia e do vexame: **Paulino** estragando a festa dando o seu espetáculo de sempre não foi viajar como prometeu lá com o grupinho dele e agora ai minha Nossa Senhora o prédio amanhã vai estar em polvorosa vão comentar o papelão da casa dos pretos porque é assim mesmo que chamam a gente são capazes de ligar pra polícia só pro escândalo aumentar já devem estar rindo pelas janelas eu bem falei pra fazer a festa na casa do Tico a Zuleica não quis ia na certa dar nisso aqui...

DONA ISALTINA e uma enorme vontade de chorar: só às lágrimas ele dá atenção será que vai ficar falando a tarde inteira ofendendo os outros justo hoje fazer papel de estraga-prazer a coitada da Joana fez até crediário de bebida fina convidou gente importante meu Deus e agora ir tudo por água abaixo esse rapaz não anda bom a conversa dele já deu briga outro dia o pai acaba não aturando a barulheira e daqui a pouco é aquele bafafá com a calma do Tico o Paulino não para fica atentando os outros já batizou tá acabado não tem nada de ficar trazendo discórdia pra família só perturba os outros ainda disse ia viajar não foi pra aborrecer todo mundo não anda bom não era revoltado desse jeito deve ser coisa daquela negrinha metida depois de conhecer ela mudou da água pro vinho lê esse mundaréu de livro mas ninguém dá ouvido pra o que ele fala não tem modos não sabe conversar aí se dana fica assim meu filho deve ter alguma coisa...

Dona Isaltina não se contém. Os olhos esquentam e começa a tê-los enfumaçados. Minúsculos córregos, de vida curta, serpenteiam suavemente pelo rosto cheio e luzidio. Em silêncio. No semblante, um porejar de preocupações.

BELMIRO fuma. Esse cigarro acendeu no outro. Diante da atitude do filho, enche o peito de uma imensa tragada. Ouve, no entanto, com ares de calma, emoção controlada, irritação latente. Aos amigos não dará espetáculo desagradável, não pode. Os comentários na repartição semeariam risinhos por todos os lados. As piadas viriam na certa, como daquela vez. Usara uma calça cerzida no traseiro, tamanha era sua penúria na época. No mesmo dia, apareceu a nota no quadro de avisos: "Colaborem com um amigo urgentemente. Necessita de uma calça de brim ou de uma bunda nova". Não, não havia razão para brigas. O sacrifício de vencer a estreiteza do orçamento para realizar a festa não merecia tal perturbação. Aquele filho problemático!... Tirar o seu prazer!... Afinal, era o sentimento de continuidade em uma segunda geração ali sendo comemorado, ganhando o âmbito de suas relações sociais. O primeiro neto sendo festejado, depois de um batismo cheio de cumprimentos, respeito, orgulho... Não! **O Paulino com a conversa de seu movimento não pode estragar a festa não vai me tirar do sério se conseguir será de uma vez por todas ainda sou o chefe da casa se não estiver bem com a família vai então morar lá com seu tal movimento fala fala fala em**

prol da raça e agora quer estragar tudo dar *show* pra essa gente branca ver... não...

Paulino, meu filho, venha cá. Por favor – chamou em tom enérgico, o mais controlado possível, contudo. O rapaz, com parte da garrafa de cerveja segura pelo gargalo, estava partindo para os exemplos de mostrar o efeito do álcool no povo negro. Não atendeu ao chamado.

TICO: o pai precisa se controlar quando começa a fumar demais a coisa logo estoura deve deixar comigo o Lino anda só entusiasmado não é um cara ruim é preciso entendê-lo a gente em época de vestibular fica assim mesmo tá certo ele faz mal de misturar tanto estudo com esse negócio de raça mas nem tudo que ele fala está errado só não pode é ter banzé logo hoje o pai é melhor ficar quieto no seu canto depois dessa de exemplificar ideias quebrando garrafa parece que se entusiasmou vou falar com jeito mas tenho que ser firme senão o pai perde a calma e a encrenca tá feita parece não ouvir por que também não dei um pouco de atenção pro Lino todo mundo aqui em casa despreza ele não me custava nada ir num centro qualquer de umbanda e fazer lá um benzimento enfim o filho é meu mas ia ser aquele falatório a mãe na certa ia começar com a sua ladainha ninguém tem mais religião nessa casa... coitada parece até que está chorando eh meu Deus o pai...

Tico, até então com o filho no colo, entrega-o a um homem branco:

Compadre, segura o Luizinho aqui, faça o favor. Pode levar ele pro quarto. A Zuleica está lá. É... lá no quarto do papai.

Aumenta a tensão na sala.

Ouviram todos vocês? Eu acabo de dizer, com este exemplo nas mãos, da quebra da nossa identidade negra. Ouçam o nome de meu adorado sobrinho: Luizinho... Já não chega o sobrenome Oliveira? Luiz é nome de qual ancestral? Refere-se a qual matriz cultural? E, minha gente, o nome é de origem francesa. Significa defensor do povo...

Paulino! – Tico, tocando o irmão bem de leve, apela. Não recebe atenção.

... que não é nosso povo. O meu sobrinho é, pelo significado do nome, defensor do povo francês. E o seu povo? Aí está a violência da mesma forma que estava nessa garrafa. Vejam, estes cacos na minha mão oferecem menos perigo do que o conteúdo. O álcool é o pior inimigo da nossa raça.

Filho, escuta sua mãe...

E reparem na contradição: minha família, depois de negar suas raízes, com esse batizado, ainda tenta me impedir de falar. A alienação é dupla. Querem me impor censura! Fosse o nome escolhido um nome africano, como por exemplo Kalungano, Sawandi, Kwame, Omowale, ou uma dijina das nossas verdadeiras religiões, e eu não estaria aqui dizendo estas palavras. Mas, com nome africano, cartório põe areia, não é mesmo? E nós o que fazemos? Recuamos, ao invés de reivindicar o direito à identidade cultural. Você aí, que é o padrinho, eu percebo que está rindo de mim. Claro, você é branco. Um branco padrinho de preto. Mais um!

Cala a boca, Paulino! – murmura Belmiro, avançando.

Joana, imóvel, teme pelo irmão. Antevê uma desgraça. Dona Isaltina traz agora o rosto banhado de lágrimas. Tico se põe entre o pai e o irmão. Segura o genitor levemente. Olham-se nos olhos. Belmiro tem ódio nos pensamentos. Paulino, no entanto, continua:

E digo mais: enquanto nós, negros, continuarmos a ter padrinhos brancos...

Tico, sai da frente, filho. Eu preciso dar uma lição nesse moleque. Sai, Tico, ou eu não respondo por mim – salienta Belmiro, com as mãos trêmulas, olhos turvos e a voz vibrante.

Calma, pai. Eu vou dar um jeito nisso.

...que zombam dos nossos verdadeiros valores, nunca vamos ter dignidade. A nossa religião não vai iniciar nenhuma criança. A gente tá se destruindo!

Uma convidada retira-se para a cozinha, puxando os dois filhos. Os demais convidados procuram também se afastar de Paulino para outros cantos da sala ampla ou outros cômodos.

Zuleica, com o rosto tenso, olhar determinado, entra.

*Que barulheira é essa aqui?! Lá vem você de novo estragar a festa, rapaz!? Cala essa boca! Se quiser pôr nome africano, põe no **teu** filho. Vai fazer filho primeiro. Me larga, Tico! Agora eu não vou deixar passar. Esse teu irmão tá pensando o quê? Tá pensando o quê*, dirige-se a Paulino aos berros, *hein, macaco de óculos?*

Você, pra mim, não passa de uma mulata do Sargentelli.

Eu vou te mostrar, seu pedante de meia-tigela...

Mágoas passadas acionam o impulso de Zuleica. É bonita e se orgulha de ter conseguido um perfeito alisamento dos cabelos. Desenvolvera o cacoete de jogá-los para trás. Adora dias de muito vento. Sentia um incômodo ao ver mulheres com seus cabelos naturais. A onda de cabelo *black* fustigara Zuleica na sua vaidade. Várias vezes expressara-se contra: *Eu, hein!... Usar cabelo picumã? Eu não!...* E foi uma frase semelhante que deu início à animosidade com o cunhado. Tendo entrado no quarto, sem ser percebido, ele escutou a conversa que ela mantinha com Joana. Intrometeu-se. Na discussão, flecharam-se de ofensas. Restou mágoa, muita mágoa de ambos os lados. E a necessidade do revide que está se pondo em marcha.

Eu vou te mostrar, seu merda!

Zuleica arranca o sapato de salto. Investe contra Paulino. Tico segura-a pelo punho com dificuldade. Belmiro avança. Caem juntos, sobre a mesinha de centro, pai e filho adversários. Joana abre a boca no mundo. A mãe:

Acuda, minha Nossa Senhora Aparecida! – grita e coloca as mãos na cabeça, em pranto convulsivo. Convidados trombam-se na porta. Berreiro da criançada. A televisão cai da estante...

Luizinho, de barriguinha cheia, dorme no quarto e sorri com a sensação do cocô quentinho indo manchar o lençol sobre o qual fora deixado inteiramente nu.

A vizinhança solta a imaginação e chama a polícia, que chega bem depois de o "deixa-disso" ter colocado os móveis no lugar e as pessoas no juízo.

No congelador, quatro garrafas de champanhe francês legítimo aguardam o desenrolar da festa.

O MELHOR AMIGO DA FOME

Bateu palmas.
O que é? – gritou a mulher.
A senhora pode me arrumar um prato de comida?
Espera um pouco. Eu vou ver se sobrou – respondeu ela, voltando-se para o interior da casa.
O mendigo encostou-se no portão. "Que merda essa vida de ter de ficar pedindo!..." O pensamento socava-lhe o cérebro, como resquício de sua antiga condição de trabalhador da indústria de autopeças. Foi quando sentiu agudíssima a dor, seguida de um rosnar. O cão pastor havia abocanhado seu braço, com fúria.
Para, Mimoso! Já pra dentro!... – ralhou a dona da casa, em seguida. O animal obedeceu.
Machucou, moço?
Não senhora... Não foi nada... – respondeu, o coração desajustado. A fome, no entanto era uma dor maior. No braço coberto pelos trapos, a marca dos dentes do bicho. Mas a fome...
O senhor aguarda um pouco que estou esquentando.
Quando chegou a sobra, fumegando em uma lata de conserva, era um banquete.
Comeu. Comeu. Comeu. Disse muito obrigado. Recusou o mercúrio para o ferimento. Lançou um osso para um vira-latas que passava na rua e se foi.
À noite, foi atacado por uma crise e morreu de raiva.

LEMBRANÇA DAS LIÇÕES

Sou na infância.

A palavra escravidão vem como um tapa e os olhos de quase todos os moleques da classe estilingam um não sei o quê muito estranho em cima de mim. A professora nem ao menos finge não perceber. Olha-me também. Tento segurar a investida, franzindo a testa e petrificando o olhar. Mas não dá. Um calor me esquenta o rosto e umas lágrimas abaixam-me a cabeça para que ninguém as veja.

A aula continua. E eu detectando risos e fazendo um grande esforço para não lhes dar crédito. Enquanto a professora verifica umas fichas amarelecidas, a sala enche-se de gargalhadas surdas. Ela prossegue. A cada palavra de seu discurso, pressinto uma nova avalanche de insultos contra mim e contra um "eu" mais amplo, que abraça meus iguais na escola e estende-se pelas ruas, envolvendo muitas pessoas, sobretudo meus pais. Ela, após tomar fôlego, recomeça, sempre do mesmo jeito acentuado:

Os negros escravos eram chicoteados... – e dá mais peso à palavra **negro** e mais peso à palavra **escravo!** Parece ter um martelo na língua e um pé-de-cabra abrindo-lhe um sarcasmo de canto de boca, de onde me faz caretas um pequeno diabo cariado. Novos suplícios são narrados junto com argumentos entrelaçando-se em grades. Vou mordendo meu lápis, triturando-o.

O clima pegajoso estende-se na sala. O outro garoto negro da classe permanece de cabeça baixa o tempo todo. Nenhuma reação. Uma caverninha humana. Imóvel.
A minha respiração sinto dificultada.
É você, macaco. Você é escravo – cochicha-me um aluno branco.
Sussurro uma vingança para depois e sinto, pela primeira vez, um ódio grande e repentino, metálico, um ódio branco. A professora, em face da minha reação explodindo nas contrações do rosto, pede atenção com forte autoridade. Manuseia outra vez as fichinhas velhas e prossegue:
Os NEGROS ESCRAVOS eram vendidos como CARNE VERDE, peças, desprovidos de qualquer humanidade. Eram humildes e não conheciam a civilização. Vinham porque o Brasil precisava de...? Vejamos quem é que vai responder...
Tremo, encolhido, dolorido diante da possibilidade de ser chamado. Meu coração bate na vertical e meus intestinos se revoltam. Saio apressado da sala, sem pedir licença. Chego à privada em tempo.
Defeco o desespero das entranhas.
Olho as paredes e a porta do cubículo. Estão todas rabiscadas. Procuro espaço. Contenho, com bastante esforço, um choro que me vem insistente para afogar o mundo. Limpo-me com um pedaço de jornal não sujo de todo e fico sentado sobre o vaso branco, pensando, vagando como um prisioneiro perpétuo. A cor do vaso sanitário desperta-me tramas. Primeiro levanto-me e chuto-o com a sola do sapato, depois sou levado pelo vento das imagens, das ideias: "... ponho fogo na escola... veada filha-da-puta... papel de caderno debaixo da mesa dela... como a bunda de todo branquinho... acendo fósforo... quem me xingar de neguinho... são tudo veado... vou comprar um

canivete... dou porrada mesmo!..." E a porta passa a me servir de lousa: "... branco caga no meio...". Acho graça das coisas que escrevo e continuo.

A agressividade estridente da campainha surpreende-me, então, com meu lápis sem ponta. É o término do período.

Saio. Perambulo sozinho pelas ruas, carregando um mal-estar no meio dos cadernos e um nó de silêncio no peito. No dia seguinte, nada de escola. Vou comer bananas nos vagões da Sorocabana e Joel vem comigo. É meu vizinho, negro também, de outra turma na escola. Entre sutilezas de nosso diálogo, percebo que a "história" da escravidão já espancou mais um por dentro. A gente conversa muito, mas, nesse particular, fica só um silêncio cúmplice, uma bronca em comum, uma solidariedade de quem divide a dor. Não tocamos no assunto, contudo o protesto vem do nosso jeito: falta em cima de falta e nota vermelha, e a gente falsificando os boletins; cartinhas da diretora para os nossos pais, e a gente fazendo assinaturas falsas. As mentiras sempre ao lado da verdade de nosso sentimento de revolta.

Nosso empenho contra os compromissos da escola não dura muito. Alguém vai a nossas casas e dá com a língua nos dentes. Eu e Joel, na volta de um belo passeio, começamos a apanhar no meio da rua. É uma grande surra, de cinta. Fico com vergões nas costas e Joel com uma marca de fivela no rosto para todo o sempre.

A escola de novo. A vigilância aguçada dos nossos pais. Eu e Joel, cada vez mais, com fama de valentes.

Chegamos ao quarto ano com a malandragem bem burilada. Já não damos importância ao fato de nos chamarem pela cor. Entre a molecada, quase sempre fazem isso com medo, medo do Neguinho-eu e do Neguinho-Joel. O medo deles é que nos importa, nos dá alento, ilusão de respeito.

É o dia da festa. O dia do diploma. Nossos pais comparecem, sorriem às professoras, e vamos todos cantar o hino debaixo da bandeira verde, amarela, azul e branca. Verde... Meu pai e minha mãe verdes por um instante... CARNE VERDE. E as gargalhadas surdas balançam o pendão da esperança. Com a mão direita sobre o lado esquerdo do peito, não dou importância ao Joel, que faz piadas.

Ouviram do Ipiranga...

Todos cantam. Fico mudo e triste, até sentir dentro do peito um batuque que me vem de longe, do que não sei de mim. Euforia inexplicável. Descubro o Coração.

O tempo não tem tréguas e as lembranças servem de alerta e lamento. Não é todo dia que se é lançado ao passado, como uma flecha, em busca de um alvo que sempre nos é obscuro.

Depois do grupo escolar, cada um para seu lado. Um namoro entre uma irmã de Joel e um primo meu, que mora lá em casa, faz com que as duas famílias entrem em choque por causa da virgindade perdida e a gravidez da moça. Nas discussões não falta, nem de um lado nem de outro, o adendo "nego (a)" à frente das pedradas de palavrões. O atrito fica forte, com tira-limpo aos socos e polícia. A família de Joel muda-se para longe.

Nessa época as dificuldades sobem na mesa de casa. Arroz e feijão sem mistura durante meses, com certos dias de nem isso ter. Meu pai se consumindo em uma cama. Eu e o primo à cata de emprego, aturando nãos e fazendo todo "bico" que aparece. Nasce o filho de meu primo com a irmã de Joel. Ela e a criança acabam permanecendo com a gente. Dão o nome de meu companheiro. Fico contente, embora a referência tenha sido a um nosso parente distante.

Depois de tempos – Joel já em um empoeirado das lembranças –, venho saber de seu destino.

É a primeira comunhão de meu sobrinho. Na porta da igreja tenho a notícia de sua prisão. Um conhecido branco, dos tempos daquela amizade, narra com tal ênfase as peripécias de Joel pelo mundo do crime que me faz lembrar dona Isabel, a professora. Desconverso. Tento afogar Joel no esquecimento. Em vão.

Hoje, mais uma entre tantas prisões: **Preso o marginal Neguinho Joel** – foto em primeira página. A marca da raça e a marca do golpe da fivela no rosto.

As máquinas lá fora não dão folga pra gente. O banheiro dessa fábrica torna-se o único refúgio, apesar do cheiro. Aqui venho ler jornal quando o chefe não está por perto.

Nesta manchete de hoje, no rosto de meu amigo, aquela marca aponta um grito aparafusado com jeito na minha garganta. Mais um aperto: **Preso o marginal Neguinho Joel.**

Porta e paredes rabiscadas já não adiantam nada. Já nem servem mais ao desabafo!

INVENTÁRIO DAS ÁGUAS

Um tapete florido. Pétalas rosa e brancas sobre o asfalto. Umidade e frescor na manhã de abril. Brincando naquele buquê gigante, pássaros de luz batem asas estreladas ao som sutil da brisa acariciando a folhagem. Azul, azul, azul o céu. Nas árvores mais baixas, também o espetáculo cintilante sobre verde. Os primeiros acordes dos pássaros passeiam pelo ar. Curta, a alameda é uma obra-prima do paisagismo. Em toda casa, um jardim florido na entrada realça o toque de cuidadosas mãos. Muros baixos, ausência completa de gradis, pontas de lança ou cacos de vidro voltados para o céu. Algum visitante que, de paraquedas, descesse com os olhos fechados e os abrisse já em terra jamais acreditaria estar em uma grande cidade. E ao vislumbrar, no topo, a suntuosa paineira vestida de estampado branco e rosa, tenderia a crer que ali havia um calculado propósito de cultivar a beleza. E não estaria enganado.

A Rua Inventário das Águas é um sonho realizado há mais de um século.

*

Seis horas e trinta minutos
Na casa de número 20, térrea e ampla como todas as demais, um homem grisalho, acocorado, mexe a terra, movendo-se entre o colorido das rosas. Para com sua atividade. Leva a mão ao bolso e retira um lenço. Limpa os óculos de grossas lentes. Lentamente. Um pássaro pousa-lhe no ombro direito.

O homem para. Por um instante, ambos constituem uma estátua viva. A ave tece o canto de seu próprio nome: bem-te-vi... bem-te-vi... bem-te-vi... Um largo sorriso ilumina o rosto brilhante. Como lagarta que desperta, cresce o movimento dos moradores.

Crianças caminham com suas mochilas, automóveis deixam as garagens, regam-se os jardins, despertadores apregoam cronologias, passos buscam as padarias próximas. Contudo, há uma tranquilidade no ar. Nenhuma pressa impede que os vizinhos se cumprimentem, trocando olhares e palavras macias. O pássaro deixa o ombro do homem e ganha o espaço. Súbito, uma sirene esfaqueia o ar com desespero...

*

Doze horas
Na Alameda Inventário das Águas os últimos repórteres entrevistam moradores e fotografam a casa de número 20, onde reina completo silêncio e a fragrância das rosas parece ter atingido o seu ápice.

No topo da rua, debaixo da paineira, espalhados na calçada e no asfalto, em meio às pétalas caídas, há cascas da árvore, espinhos e manchas de sangue. A árvore brilha com exuberância, seu tronco inteiramente liso.

Uma senhora de bengala sobe a rua. Na cabeça, um torço colorido entremeia-se com a cabeleira intensamente grisalha. Um dos repórteres vai ao seu encontro.

Boa tarde!...
No meio, por dúvida, é melhor bom-dia, não é, meu filho?
Sem entender, o jornalista vai direto ao assunto:
A senhora soube do caso?
A gritaria da patrulha assustou quem estava acordado e arrancou da cama quem dormia. Até nenenzinho de colo se pôs no

berreiro. Não bastasse a zoada, ainda chegar dando tiro daquele jeito!... Um despropósito. Falta de respeito com quem mora aqui.

Mas era um marginal, não era?

Nada! Um menino desarmado, numa motoca soltando fumaça.

Houve tiroteio?

Tiro se escutou. Mas quem não tem arma não atira.

E a árvore? O que aconteceu?

Conversa se embola demais. Quando dá de muita gente curiosa especular, o assunto fica igual novelo atrapalhado. Se puxa o fio da meada, é só nó que se encontra. Isso é coisa de nem se explicar não, seu moço. Quem quiser saber dos entremeios tem que ir desbastando muito tempo pra lá do que se pode viver. E assim mesmo tem que se aconchegar em moita de ouvir dizer. Que nada disso está em livro.

A mulher, serena, o olhar distante, silencia. O rapaz sente que flutua nas palavras e naquela expressão de suavidade. Ela acaricia o silêncio depois de dar um passo e levantar a bengala, apontando adiante.

Venha experimentar meu tempero que a conversa vai melhor quando se tem sabor na boca – e sorri. Prossegue: *É logo ali, no número dezessete.*

Flagrado em sua secreta fome de alimento e respostas, o repórter acalma-se, na expectativa. Durante o pequeno trajeto, a conversa desloca-se para o rápido conhecimento mútuo. Ela nascera naquela mesma rua há setenta e três anos. Ele trabalhava no Jornal A Folha Vespertina há um ano, que, naquele dia, se completava.

Amália e Caio, à mesa, vão tecendo história, com perguntas curtas e longas respostas.

*

UTI do Hospital das Clínicas

Um cristal macio escorre devagar pelo rosto da Doutora Carmem Lúcia. Tendo a seu lado outro médico que lhe segura a mão, ela contempla o avô inconsciente sobre a cama. Enquanto ela lhe acaricia o rosto noturno, os pincéis de sua imaginação vão fazendo desaparecer o tubo respiratório, os frascos de soro, o monitor de circulação, os demais doentes e suas camas, os gemidos, as paredes... O rosto inerte do pai de seu pai começa a perder as marcas da violência sofrida, retomando sua maciez e brilho, até abrir um sorriso na paisagem da infância de Carmem. Imagens, cenas e vozes rodopiam na memória. E, afastando as demais lembranças, a história das árvores desabrocha no seu todo. Ela, criança, no colo do avô, abraça as palavras:

"Fizeram maldade, maldade mesmo, com ele. Tinha fugido três vezes. Não aceitava aquilo de trabalhar sem ganhar e ainda ser maltratado todo dia e hora. E daquela vez tinha lutado com um sujeito chamado Traíra, que só fazia perseguir quem escapava da fazenda. Na luta, seu tataravô jogou o danado no rio. O tal, que de peixe só tinha o nome, afundou que nem pedra. E foi aparecer depois de dias, já quase inteiro comido por bicho d'água. Por isso Gregório foi condenado, lá mesmo pelo patrão, que naquele tempo mandava na vida dos outros.

Ele morreu, vô?

O Traíra, sim. Mas com Gregório foi diferente. Morreu e não morreu. A maldade aconteceu lá pras beiras do Tietê. Alguém viu e foi avisar o avô dele, que já vivia retirado, sozinho, aqui. Naquele tempo este lugar aqui, fora a dele, não tinha mais nenhuma casa nem nada. Era mato só. E ele, o avô, que já era velho, foi procurar o neto. Pegou ele já sem vida e trouxe, sozinho. Demorou um dia inteiro pra carregar o corpo no carro de boi. Não tinha rua igual agora, não. Era mato e caminho de terra só. Chegou já de noite na cabana. Acendeu o fogo e rezou muito, reza que a mãe dele tinha ensinado, reza de Angola. Dia seguinte, cedinho, levou o neto até um morro pequeno e lá em cima cavou um buraco e pôs ele pra descansar.

Mas ele tinha morrido?

Dum jeito sim, mas de outro não. Ele foi enterrado.

Pôs terra em cima, vô?

Tinha de pôr.

Mas... E pra ele respirar?

Ele não precisava mais. Sabe por quê? Porque ele ia nascer de novo. Ele ia virar árvore. É essa aqui agora. Mas, naquele tempo, era uma figueira. Pouquinho tempo que o avô tinha colocado ele ali no buraco, começou a brotar a árvore. Um dia o avô foi rezar de novo pro neto e ela já estava crescidinha, maior do que você.

Carmem, menina, levantara-se, esticara os braços acima da cabeça e perguntara:

Assim, vô Tico?

É. Assim mesmo. Depois, veio um dia e outro dia veio vindo, e depois mais outro... A árvore cresceu e ficou grandona.

Ele... quer dizer, ele que era árvore, não tinha pai nem mãe? Só avô igual você?

Tinha sim. Depois do que aconteceu, eles, os pais, criaram coragem e fugiram da fazenda também. Viviam lá, mas sofriam muito. E foram morar com Nguma, que era esse o nome do pai da mãe do Gregório, o que tinha nascido de novo do jeito de árvore, que cresceu, cresceu, cresceu e, muito tempo depois, um raio veio e levou ela. Mas nasceu essa outra no mesmo lugar.

Não, vô! Vai ver que ele enjoou de usar a mesma roupa. A roupa da paineira é mais bonita, não é? Ela, quer dizer, ele já fica pronto pras festas que a gente faz aqui embaixo, não é?

É verdade.

O avô olhou para o alto. Um pé-de-vento iniciou uma flutuação de flocos de paina. A voz infantil ecoou em um grande entusiasmo:

Tá chovendo algodão... Tá chovendo algodão..."

A cena de memória vai-se desfazendo, fundindo-se com a parede do hospital. A Doutora Carmem está de novo na UTI e o avô em coma, com um curativo do lado esquerdo da cabeça, onde recebera a coronhada.

Pela terceira vez, o colega que segura a mão da médica pronuncia o seu nome:

Carmem... Você está bem?

Doutora!... – agora é a enfermeira. – *Os policiais... Os dois estão delirando.*

Ela desperta:

Oi, Helena... Flávio... Desculpem. Eu me distraí um pouco.

A Doutora Carmem deixa o avô, mas, antes, olha fundo nos olhos do outro profissional, aperta-lhe as mãos e balbucia:

Salve-o, por favor! – e sai para ver seus dois pacientes no centro cirúrgico.

*

Dona Amália e Caio silenciam. Diante do que escutara, o jovem repórter tenta elaborar uma questão difícil de explicitar em pergunta. Quer informações objetivas. No entanto, as palavras já o conduziram para uma região em que o impreciso reina, onde o silêncio completa o entendimento das coisas e o mistério torna-se parte inerente de tudo. Aí não tem treino para se conduzir. Além do mais, diante de si há uma interlocutora com a qual estabelecera uma relação estranha, de diálogo íntimo, pela fruição de uma afetividade nunca antes experimentada. A vida pessoal do rapaz está entranhada naquela conversa. Consegue apenas contemplar a sua indagação a distância. Como se poderia ter constituído uma rua, ao longo do tempo, pequena, sim, com apenas 37 casas, mas com todos os moradores negros, construções amplas e confortáveis...? A antiga Rua Inventário das Mágoas, cujo nome havia sido alterado por conveniência, pode-se dizer que é uma comunidade.

O repórter, branco, ambicioso, nutria diariamente seus estereótipos. Ali, entretanto, além do deslocamento a exigir que se desvencilhe de seus preconceitos, há uma história remontando ao século XIX. Um escravo enforcado, um enterro, o nascimento de uma figueira secular sobre a cova, um raio que a fulminou no exato momento de um nascimento. E depois a paineira, que brotara no mesmo lugar, não se sabia como, e que naquele dia detonara todos os seus acúleos sobre os policiais que alcançaram um ladrão de moto, que derrapara próximo à árvore, e agrediram o velho que o tentara defender... Tudo aquilo leva o repórter a um impasse. Se ao menos pudesse conversar com os envolvidos diretamente, para confirmar o narrado por dona Amália e dissipar aquela nebulosa a que o discurso dela o conduzira... **E se o velho e os policiais morrerem?**, indaga-se. E se perde em conjecturas. Quem seria o jovem que fugira? Seria mesmo um marginal?

*

Um policial: *...eu não enforquei ninguém... era ladrão... tira, tira os espinhos... dói, dói muito...*

Outro policial: *...não, não... tinha de matar... era ordem... era ordem... tinha fugido, fu... gi... do... dói... dói... essa ventania... ficou pendurado ali... a corda, a corda... não sei...*

Ambos haviam passado por diversas cirurgias para a retirada dos acúleos. Umas de corte raso, outras profundo, pois órgãos importantes e até mesmo os vitais haviam sido afetados. Os policiais, cada qual havia perdido um dos olhos. O soldado sofrera, também, lesão cardíaca. O cabo, lesão cerebral. O estado dos dois era o de pós-metralhados, sobreviventes até então por terem os acúleos da paineira sido os projéteis, material orgânico mais frágil que os espinhos propriamente ditos.

Com a aplicação de nova dosagem de sedativo, a Doutora Carmem Lúcia consegue controlar a excitação nervosa dos pacientes. Mas as palavras que acaba de ouvir causam-lhe agitação de analogias.

*

Quando o jornalista se vai, dona Amália entristece-se, apreensiva, não com o que dissera, mas com o novo ciclo, do qual a paineira dera o sinal. Uma centenária figueira havia sido fulminada pelo raio, dizia a história da família, no exato instante do nascimento daquele irmão agora em risco de vida. A possibilidade de perdê-lo, pela violência dos policiais, acende em dona Amália desejos de vingança, apesar de saber da condição precária dos agressores. Os laços que a ligam a Francisco, o mais velho da família, estão profundamente feridos. O último telefonema da sobrinha-neta trouxera tão-somente uma frágil esperança para enfrentar o peso das horas seguintes. Com essas preocupações, vai para o quintal. Senta-se no banquinho em meio às flores do jardim, fecha os olhos e passa a respirar profundamente. Pombos em revoada surgem e pousam a seus pés, em silêncio. Após um longo tempo, batem suas asas. Com as pálpebras ainda abaixadas, ela pergunta:

Francisco, é você, meu irmão? Chegou a hora de ir, meu querido?

Depois, acompanhada de uma brilhante sombra, levanta-se e caminha. Juntas vão cuidar do jovem fugitivo, que, no fundo do porão, certamente está com fome e medo, pois sabe que a inocência não é tudo quando se trata com policiais.

*

"Terror na Casa Verde. Metralhados por espinhos. Policiais morrem misteriosamente. Paineira macabra. Espinhos do demônio." Eram algumas das manchetes dos jornais do dia seguinte. Na Folha Vespertina, nenhuma notícia sobre o caso.

IN-CURA

Era branca de doer. Mas, como amor não tem cor, desposou um negro retinto. A dor não passou. Desenlace, divórcio, casório de novo. Loiro de olhos azuis. A dor piorou.

PRETO NO BRANCO

Betão namorava uma garota, lá do Bairro do Maxixe. Aquela confusão de sempre: pai que não quer, mãe que não gosta, irmão que dá em cima... Mas a moça se apaixonou por ele a ponto de ir contra tudo e todos. Passou por cima dos preconceitos da família e botou seu amor dentro de casa. Os móveis devem ter tremido, o feijão queimado e a vizinhança, certamente, deve ter feito hora extra na fofoca.

Foi sábado à tarde. Sentado na sala, meu camarada conta que ficou sozinho, envolto pelo ar pesado. A namorada saiu pra fazer sei lá o quê. Ele começou a olhar os quadros na parede. Um deles, a Santa Ceia de sempre, com Jesus no meio e o Judas ao lado, a fim de meter a mão na taça. Segundo o Betão, o saco de dinheiro do Judas era gordo demais e devia ter mais de trinta moedas. E os apóstolos, todos com ares de que sabiam que o safado já havia passado o Cristo nos cobres. Meu amigo é ótimo em fazer comparações!... Segundo ele, o saco pendurado na cintura do traidor dava a impressão de ter dentro uma bola oficial de futebol.

Depois de ter visto uma meia dúzia de fotos – evidentemente não faltou aquela do casal feliz do peito pra cima –, ele parou os olhos em uma imagem um tanto amarelada. Era uma patrícia, dessas que não disfarçam a origem. Olhou, olhou... Não era impressão. Fixou bem a mulher de ar solene ao centro de um conjunto indiscriminado de pessoas. Depois, sentou-se, acendeu um cigarro e ficou aguardando, preparado, capoeirista bom que tinha sido.

A gente é amigo de infância e sempre manteve uma conversa aberta, franca. Quando ele me contou o caso pela primeira vez, nosso papo se deu mais ou menos assim:
É *gosto pela mulher ou desgosto de ser negro?* – fui questionando.
Que isso, Baltazar! Você acha que eu ia negar a raça? – arregalou os olhos.
Continuei:
Vai dar uma de jogador de futebol só porque está com empreguinho melhor, comprou pé de borracha, a favela tá longe?...
Quando cheguei nesse ponto, ele parecia que só olhava dentro dele, assim, como quem estivesse do avesso. Prossegui:
É isso, Betão, vai naquela onda de que amor é cego e no fundo, no fundo, está mais é querendo abraçar uma princesa Isabel. Toda garra de crioulo consciente vai pras cucuias.
Oooooo, Baltazar, vai devagar. Pega macio. Não exagera. Não é bem assim... – replicou ele, sem muita convicção. E acrescentou: *Você é meu camarada, meu irmão de longa data. Não vai achar que eu estou de otário na parada, vai?*
Mas é melhor você se confundir um pouco agora do que se foder depois. Sabe como é que são esses brancos quando dão pra humilhar a gente! Esse negócio de racismo funde a cuca de qualquer um. Lembra do Elias? Ficou lambendo tanto a mina que ganhou um par de chifres e ainda foi xingado de macaco. Quis sair na porrada e acabou sendo grampeado.

Ele podia ser tudo, mas sabia ouvir. Foi uma conversa de raspar fundo de panela. Ali, nós dois no jogo da honestidade. A gente nem viu a hora passar. E sem birita. Que a situação não era de afogar mágoa.

Mas, voltando à casa dos brancos, a namorada retornou acompanhada de sua mãe que, muito solícita, exagerou delicadezas ao cumprimentar meu amigo. Segundo ele, a mão da mulher parecia mão de defunto. Aí, papo vai, papo vem, a tal senhora fazendo seu inqueritozinho manhoso:

Onde é mesmo que o senhor trabalha, Seu Adalberto? O senhor tem família? – e por aí afora. Tudo bem à moda antiga.

Chegou o pai, cara amarrada, acompanhado pelo filho. O velho já entrou em posição agressiva:

Então, o senhor que é o tal de Adalberto?

E o Betão saiu com essa:

Eu não sou então, nem senhor, nem tal. Adalberto Pereira dos Santos a seu dispor – e estendeu a mão.

Desarmou. O sujeito ficou sem saber onde pôr a cara e cumprimentou-o fortemente. O irmão abaixou a cabeça, sem dizer "a", e saiu.

Quando tivemos aquele *tête-à-tête*, num dado momento, ele me disse:

Baltazar, sabe que eu não transei com ela ainda?

O quê? É virgenzinha? – ri, debochado.

Não ri, que é sério – me olhou com uma fúria pacífica. E foi em frente: *Você é o único a saber desse detalhe, além de ser meu apoio de conversa. Eu e ela, Baltá, a gente se gosta mesmo.*

Mas, hoje em dia, não tem mais esse tipo de namoro sem cama.

Sei. Mas, eu preciso testar. Ando a fim de amor, sabe. Você conhece a minha história. É meu melhor amigo. Sabe muito bem que já transei com um bocado de branca. Não é por causa de xoxotinha rosada esse meu envolvimento. É que a Marli realmente mexeu fundo, mano, aqui dentro. Não tem essa de racismo, não. Minha mãe também já andou dando os palpites dela. Aliás, de novo, me torrou a paciência com a história da Verinha.

Sempre ao lembrar da ex-namorada, ele ficava com uma tristeza carrancuda, contraindo os lábios, e seu olhar amortecia. Não sei se de remorso ou simplesmente pena.

Verinha era também branca. Assim, pele um pouco chegada à nossa. Não sei se podia dizer que era parda. Talvez na Europa fosse até considerada mulata ou negra... Sei lá, esse negócio de cor de pele é um pouco complicado mesmo. Apesar de seu cabelo encaracolado e um nariz de meio voo, deve ter sido registrada como branca. Na certa.

Ela se apaixonou pelo Betão numa fase muito conturbada da vida dele. Ele estava brigando na Justiça contra um chefe da firma em que trabalhava, por causa de discriminação racial. Não era promovido nunca. Juntou a papelada de tempo de serviço, elogios, e foi pra cima. Mas, como sempre, não deu em nada. Os próprios colegas puxaram o tapete dele. Não foi mandado embora nem sei por quê. Acho que o mandachuva da empresa tinha alguma simpatia por ele. E, não sei se por isso ou por qualquer outra quizila, parece que a Verinha acabou sendo o bode expiatório. Coitada, ficava atrás dele, insistia. E o Betão desprezava. Chegou a me dizer:

Meu negócio com essa daí é só foder. Quando me enjoar, dispenso.

E foi o que fez. Só que ela já não conseguia mais viver sem ele. Não sei se acostumou com o sexo ou era paixão mesmo. É difícil saber essas intimidades. Além do mais, não tive contato muito próximo com a Verinha. Ele próprio parece que evitava. Dela mesma, falava muito pouco. Só comentava sobre a ginástica dos dois na cama. E, às vezes, ele me fazia rir de suas acrobacias.

Dela, fiquei com pena depois. Eu, que não tinha nada a ver com o peixe, recebi a visita. Ela estava em prantos, olho inchado de chorar, o transtorno mostrando a cara. Até dói lembrar. Dizia:
Fala com ele. Eu não fiz nada. Faço tudo o que ele quiser. O que andaram falando de mim é tudo mentira...
Sabe quando uma pessoa se arrasta, se torna uma coisa, perde a dignidade? Assim é que ela estava. Eu, pra me ver livre, disse que ia falar com ele. Mas, não meti a colher naquele caldo. Uma, era possível se perceber o cheiro de pimenta. Outra, eu também andava com os meus enredos de lençol bem complicados. Não tinha condições de ajudar ninguém.

Soube depois que a Verinha tinha tomado um bocado de comprimido, baixado num hospital em estado de coma... Por fim, teve alta, e sumiu. A família dela, que era bem desajustada, nem deu a mínima. Passado mais ou menos um ano, eu soube. Ela havia morrido a facadas na boca do lixo. Nessa época, meu amigo já andava às voltas com Marli. Essa eu conheci bem mais. Ele era capaz de deixar eu e ela, sozinhos e pelados, no escuro. E ela? Exagero! Nunca vi veneração tão séria em cima de um cara. Eu fiquei sendo, a partir de um certo ponto, um conselheiro dos dois. Por isso sei muita coisa e posso contar. Eu me lembro de que, depois daquela visita à casa de Marli, apesar das dificuldades com a família dela, meu amigo sentia-se vitorioso. Dizia:

Baltá, o velho eu já dobrei. Agora, a coroa é uma parada! Justamente ela. Eu pensei que fosse a mais fácil. Ela e o moleque
– assim chamava o irmão da namorada, aliás, o personagem complicador da história.

O Betão tinha sido promovido a chefe de seção na indústria de calçados. E não é que um dia, adivinha quem apareceu pra ser entrevistado por ele a fim de começar a trabalhar? Exatamente o Rubinho, o tal "moleque". Quando ele entrou na sala e deparou com o Betão atrás da escrivaninha, foi jogo duro. O carinha ficou amarelo, roxo, verde... Olhou pro meu amigo e saiu com essa:

Enfia o emprego no cu. Nêgo nenhum vai me dar ordem! – e se retirou, batendo a porta.

O Betão saiu atrás dele, mas não conseguiu pegar.

Naquela noite aconteceu a tentativa de homicídio.

Meu camarada foi chegando em casa e o tal apareceu empunhando uma faca de cozinha com ponta improvisada. Deu duas chuchadas e se mandou, com o nariz sangrando. Tinha levado um soco.

Betão, ao invés de ir direto pro hospital, pegou o carro e foi até a casa da Marli. É um doido!... Chegou lá e mostrou:

Olha aqui, dona Vitória. Está contente agora? Foi o racismo do seu filho querido.

A mãe da moça, percebendo o sangue, desmaiou. Marli, que estava em casa, quando viu o namorado daquele jeito, colocou ele dentro do carro, pegou na direção e: hospital. Deixou a mãe aos cuidados da vizinhança.

Cadeia pro "moleque"! Foi pego pela polícia de madrugada, quando tentava tomar um ônibus na rodoviária. Na frente do delegado, ele deu início à acusação. Disse, entre outras coisas, que o Betão tinha estuprado a irmã dele e feito ameaça a fim de que ninguém soubesse. Marli, 27 anos, não era mais criança pra fazer coro com a birra do irmão. Mas, a denúncia era séria. Meu amigo ia encarar mais uma parada daquelas, entre tantas nos seus 30 anos.

Depois de recuperado dos ferimentos, foi chamado pra depor quase como réu. Além dele, a namorada, dona Vitória e seu Venâncio. Marli segurou a barra e submeteu-se a exame. Resultado: virgem.

Uma semana após os depoimentos – o tal Rubinho ainda em cana, mesmo porque era maior de idade –, os dois chegaram lá em casa. Fui convidado, ou melhor, intimado, assim, de supetão. Não queriam discutir a pressa. Aceitei ser o padrinho. Casaram só no civil, alguns dias depois. Pai e mãe dele meio chateados. A presença só de uns poucos amigos. Da família dela, ninguém se fez presente, a não ser uma figura muito amável, de cabelos brancos. Tinha viajado doze horas para assistir à cerimônia de sua neta.

A avó de Marli era real e lindamente negra, como na foto que tinha deixado meu amigo intrigado na primeira visita.

NAMORO

Comprou mais fichas e voltou para fazer pontos com as mulatas. Soltava o botão impulsionador com força e olhava a bolinha metálica rolando e sendo barrada pelos obstáculos. Manobrava duas baquetas de ataque sobre o painel, por meio de botões laterais. O som da mola planetária parecia rir dele.
Tentava amansar com atividades a cena dos bofetões. Agitava-se. O empregado do fliperama advertiu:
Mais devagar, garoto. Esta máquina aí custa caro!
Falou...
Depois de resmungar, passou a arquitetar diversas formas de vingança contra o pai. Mas não parava de jogar intensamente.
Não se havia preparado para a atitude paterna. Não a imaginava mesmo possível naquele fim de tarde, quando saíra de casa.
Tênis novinho nos pés, camisa de malha com a inscrição "Cambridge University", cabelos bem penteados cobrindo as orelhas, Maurício desligou o som pop da FM, foi até a cozinha, deu tchau para a mãe, piscou um olho selando cumplicidade e se foi. Peito estufado, ele caminhava decidido a mudar sua vida, assumir responsabilidades maiores, romper as barreiras e adentrar de forma definitiva o mundo adulto.
Para dar ênfase aos bons pensamentos, havia comprado um bilhete da Loteria Federal. A possibilidade do prêmio

despertou-lhe fantasias. O casamento surgia a seus olhos com toda a bijuteria de felicidade.

Mas por que fora tão covarde? Deixar a namorada sair sozinha, esfolada pelos berros... E ficar ali parado, pregado no chão, vendo tudo... E depois dizer aquela bobagem!

Parou de jogar por um instante. A imagem de Bárbara estendeu-se toda no pensamento, envolta em uma névoa de mágoa profunda. Havia ódio naquela expressão? Não era possível. Ela teria de perdoá-lo pela covardia. Afinal... Afinal, ele enfrentara inclusive obstáculos difíceis. Voltou a jogar. Lembrou-se da pelada no campo de barro molhado, escorregadio. João Carlos, irmão de Bárbara, que sempre atuava como médio-volante, estranhamente, naquela disputa domingueira, ocupava a posição de lateral direito. Era a perseguição. Ia marcar Maurício. Já havia prometido mesmo acertá-lo. Mas era mentira, tudo mentira o que haviam inventado: que ele queria Bárbara só para tirar o sarro e depois deixar de lado. Nada daquilo. "Ela ocupa um lugar todo especial!...", ecoou de si para si. A partida começou. A torcida, na arquibancada do barranco que desce da Rua dos Quilombolas, agitava-se. Era uma final de campeonato de várzea. Bola que rola, gente escorrega, chute para fora, grito na boca, vai que vai, lateral. Bola na grande área, Maurício mata no peito, desce no barro, prepara, vai chutar (vem alguém de carrinho e joga-o longe em contorções de dores, no meio de uma poça d'água). Foi carregado para fora. Fratura no tornozelo.

À noite, mesmo com o pé engessado, apoiando-se em uma bengala, foi ver a namorada que, na época, morava a um quarteirão de sua casa. O irmão dela já não o tratou com rispidez. Passou por ele e disse: "Oba!", com um ar vitorioso, e depois daquilo arrefeceu. O casalzinho até podia se sentar na sala para assistir a programas de televisão. O irmão não permanecia, contudo. Mas já não prometia "arrepiar aquele bunda-mole". Pacificamente, Maurício vencera aquela etapa, embora não imaginasse outras tantas no cotidiano e a que o fazia disputar sozinho no fliperama.

Se é pra continuar jogando desse jeito, eu não vendo mais ficha! – argumentou de novo o empregado.

Falou, Zé... Fica frio, eu vou maneirar.

Senão, daqui a pouco, você quebra essa porra, meu! – emendou irritado, mas cedeu as fichas a Maurício, jogando o dinheiro na gaveta.

Maurício voltou ao seu brinquedo de ir contra o fogaréu de imagens que lhe rodopiavam as emoções. Por fim, tinha nas mãos o pescoço daquele homem careca. Batia-lhe a cabeça contra o chão. Ia arrebentar até que escorresse toda a raiva de dentro. Era o pai a sua presa. A careca do pai, brilhando. O próprio, babando a irritação corrosiva sobre o coração de Maurício em ebulição de ódio. A presa, contudo, ria do filho. Ria? Era o pai? O rapaz sacudiu-se a cabeça e reparou que focalizava a figura do Sargentelli presa ao painel da máquina de jogo, como sempre, rodeado de mulatas.

Os pensamentos foram vestindo o uniforme da realidade. Maurício passou a pensar na vida daquele homem que teve tantas mulatas à sua disposição, até que recebeu um tapa nas costas.... Era Benedito, o primo, que adorava falar de futebol e vinha para fazer gozação.

Ah, rapaz, o teu Palmeiras num deu nem pro cheiro! Mais um pouco e o Coringão dava de goleada. E com dez dentro de campo, hein! Porque o juiz, ó, meteu a mão pra vocês. Mas não adiantou. O timão tava com a macaca ligada.

Claro, tudo cheio de fumo... Teu time entra em campo tudo ligado! – Maurício reagiu.

Quê isso! É que o "porco" só serve pra comer goleada e o Corinthians botou só três na rede.

Ah, que nada! Dois pênaltis que o juiz pôs no bolso de vocês, sem contar um bocado de bola na trave. Faltou sorte. E aquele gol anulado do segundo tempo?

Que nada!..

Roubo! Roubo no duro, meu. Teu time só metendo a mão mesmo.

Ah, ah, ah... O "porquera" não dá, Maurício. 'Cê tem que virar corintiano. Gente fina. Se quiser, eu até arrumo pra você sair o ano que vem na Gaviões da Fiel, campeã, a maior escola de samba de São Paulo, meu chapa. É mentira?

Falando alto, Benedito foi saindo, com seu cacoete de jogar os loiros cabelos para trás. Saiu vitorioso. Havia conseguido irritar ainda mais Maurício, que ficou enlameado pelo escárnio do outro e voltou à sua angústia maior, um pouco mais sem defesa.

Outra puxada violenta no detonador, a bolinha niquelada correu, as luzes acenderam-se, o som retorceu-se, os empecilhos entraram em ação, o Sargentelli riu, Maurício caceteou com as baquetas, a bolinha voltou e os pontos coloridos foram sendo auferidos no painel vertical. Tudo foi voltando...

Quando havia saído naquela tarde, o pai estava debruçado sobre o portão, ali, olhando o tempo, com os dedos acariciando-se na careca. "Devia estar mergulhado na frustração – pensou o filho – de ter se tornado um homem inválido." Contudo, parecia estar em conluio com a resignação.

Crispim, o pai, depois de trabalhar em oficina de automóvel, quando jovem, foi um bom motorista de ônibus de longos percursos. Ele conhecia inúmeros estados e quase nunca parava em casa. Por esse tempo, sempre chegava sorrindo saudades e reencontrava-se com o filho, cheio de satisfação e amor. Era um homem variado de mulheres. Nenhuma dificuldade contra. Seu constante trânsito favorecia uma situação equilibrada. Maurício contava com seus 16 anos quando a notícia triste agrediu a porta da sala.

Dona Cecília, uma filha de espanhóis, um tanto estabanada, levantou-se da cama pensando ladrões e passou a mão no revólver que o marido deixara, esquecida um pouco das recomendações. As pancadas se renovaram violando o silêncio. Aproximou-se da porta e, com a arma apontada, ouviu:

Dona Cecília?

Quem é? Quem é? Quem é? – foi o que pôde responder, com seu medo saltitante.

É do Rápido São Geraldo. É o Jarbas. Só vim avisar que o seu Crispim tá no hospital. Um acidente...

A vizinhança toda ouviu o disparo. Maurício gritou na cama, em sobressalto. O empregado da empresa saiu feito louco. Ao chegar gente, Cecília, mesmo depois de abrir a porta, mantinha nas mãos o revólver calibre 22. Um furo bem acima da fechadura.

Desse dia em diante, Crispim viu desmoronar sua vida de viagens e aventuras. Cadeira de rodas durante um ano, depois muletas, até que se tornou coxo, sem resistência para ir muito longe. A ideia de suicídio foi virando obsessão. Só à custa de insistentes orações ele conseguiu certo controle, sem, entretanto, se livrar de súbitas impulsões. Quando era instigado a cair nos braços daquelas investidas, prendia um pouco a respiração, cerrando os dentes. Minhocas de pulsação agitavam suas frontes. Carregava, até chegar aos pés da santa, uma enorme tensão e, rezando fervorosamente, ia dela se livrando aos poucos. Desenvolvera atitudes de verdadeiro devoto, mantendo sempre uma vela acesa e um copo d'água no oratoriozinho construído em um canto da sala.

Transformara-se em um homem seco de risadas. Apenas uma nesga de alegria atingia-o. Era quando dona Matilde passava: "Bom dia, seu Crispim!" E ele respondia: "Bom dia, dona Matilde!", esticando os olhos naquele remelexo de bunda. Um calor aveludado massageava-o no peito. Alguns belos momentos do passado cafuneavam a memória. Era só. Nessas ocasiões, não corria aos pés da padroeira. E estava nesse enlevo – olho vidrado no traseiro da dona Matilde Matsuda – quando Maurício passou e disse: "'Tchau, pai!" Crispim comprimiu-se, disfarçou, e respondeu: "Até logo!" Mas imediatamente relaxou, voltando àquele prazer tão passageiro.

O distanciamento tornara-se a forma do relacionamento entre pai e filho. Maurício acomodara-se ao jeito ríspido de ser tratado. Dava o devido desconto ao genitor, pela fatalidade do destino. Mesmo que respostas a seus cumprimentos não viessem, o perdãozinho estava garantido. "É a frustração", desculpava-o, pensando. Apesar disso, tinha medo da verbosidade violenta do pai, quando nervoso. Passou por ele naquela tarde, como quem passa por um cão faminto, segurando um belo bife. Era o seu futuro. Nele enfeixados os pensamentos, Maurício tomou o ônibus até a Estação Bresser do metrô. Tentava organizar as ideias. Achava que os pais, convivendo com a namorada, iam também adorá-la. Bárbara era..., mas... Havia, a partir de certa intimidade com a jovem, adquirido esse tique interior de interromper um pensamento desagradável. Olhou pela janela do trem. Uma estria de luz adornava os prédios ao longe com a nostalgia da tarde. Maurício pensou no serviço militar cumprido no ano anterior. O trem mergulhou em um túnel torpedeando infinitos cavalos. Sua dificuldade de emprego havia sido superada. Insistira com tenacidade nos inúmeros testes. Depois de longas filas, conseguira: era meio-oficial de soldador, registrado em carteira.

Por fim, após baldear na Sé, atingiu a Estação Tiradentes. O trem já deixara o subterrâneo para trás. A noite pintava os lábios com batom multicolorido e começou a fazer tranças estelares na carapinha escura. O trem deslizava...

Maurício chegou ao portão. Bárbara aguardava-o. Estava linda. O rapaz perdeu-se na expansividade dos lábios cheios e úmidos. Depois, acariciou-a no rosto, sentindo que a luta travada consigo mesmo e os outros não era em vão. Bárbara valia. "É uma... mas..." E de novo interrompeu o pensamento, puxando assunto.

Como é que tá o pessoal da tua casa?

Tudo bem! Pensei que você não viesse.

É, você mudou pra muito longe. Não me acostumei ainda. Mas, tá tudo bem? E o irmãozinho, tá numa boa comigo?

Ah, não liga muito pro João Carlos, não. Ele, até outro dia, falou comigo – imitou o irmão, engrossando a voz: "Vai pra avenida, Bá", *e me deu carona na moto dele.*

É... – Maurício engoliu a costumeira pedrinha de inveja ao ouvir a namorada falar da motocicleta do irmão. Mudou o caminho do diálogo:

Vamos, então?

Vamos. Eu só vou pegar minha bolsa e um dinheiro com meu pai.

Não precisa.

Ah, Maurício... Você não é machista, é?

Não... Tudo bem. Vai lá. Eu espero aqui.

Alguns minutos depois, saíram. Bárbara, um pouco preocupada. O pai, com aquela mania de não levantar os olhos da prancheta sobre a qual trabalhava, havia dito, estendendo-lhe algumas notas:

Toma. Espero que você não tenha decepção, filha.

Ela se retirara com aquelas palavras penduleando dúvidas. O pai continuou na sua labuta. Era daqueles que sabiam das dificuldades para subir na vida. Daqueles que sabiam dos inúmeros obstáculos. Era um que sempre repetia aos amigos e parentes: "Nós temos de ser não duas vezes, mas três vezes mais do que eles. Só assim a gente chega lá." E levava na vida real o seu princípio. Trabalhava como desenhista publicitário, em média doze horas por dia: oito horas na firma, onde havia conseguido o respeito pela competência, e o restante em casa, pois não lhe faltava trabalho. Tinha as economias na ponta do lápis, às vezes até provocando atrito com a esposa, por causa do exagero. Era um duro, centrado em si mesmo e na família, projetando sempre adiante de si o sucesso financeiro e o respeito profissional. Pouco tempo sobrava para se ocupar das inquietações dos filhos. Queria-os bem alimentados, bem vestidos e triunfando nos estudos. O além daquilo, sabia-o pela boca da companheira à hora em que esta lhe servia o jantar. E foi até um tanto distraído que, em uma noite qualquer, ouvira a mulher dizer:

Bárbara tá namorando...

Hum?...

Ir bem na escola, ela não vai não. Mas já anda enrabichada atrás daquele coisinha que vem aqui.

Precisa cuidar disso.

Cuidar disso, cuidar disso... Juvenal, você é que precisa falar com ela!

Ah, Lucinda! Isso é contigo, minha santa. Além do mais, é melhor deixar. Desde que seja em casa...

O branquelinho inda hoje esteve aqui. O João Carlos anda dizendo que vai dar uma sova nele.

A palavra "branquelinho" foi responsável por ligeiras rugas na testa de Juvenal, que arrematou a conversa, dizendo:

Espero que ela não tenha decepção – e acocorou preocupações íntimas em uma caverna de silêncio, desligando os ouvidos.

Aquela mesma palavra – decepção – imprimiu uma sombra estranha no otimismo de Bárbara. Nos seus 17 anos, era uma jovem cheia de vida. Mesmo com a timidez de fundo, sempre acobertada por brincadeiras, sabia conviver consigo mesma. Sabia? Era uma exímia dribladora da tristeza, da angústia e de qualquer adversário interior que vestisse a camisa da reflexão, da introspecção. Bonita era. Admirada muito. Na escola, o que não tinha de notas, conseguia de amigos. Poucos namorados, pela idade. Maurício era o segundo. Adorava-o. Tinham afinidades: mesmas músicas, anseios e, sobretudo, coragem para enfrentar as pessoas.

O retorno à sua casa foi, para o rapaz, muito mais longo. Um mal-estar lutava contra o amor, soltando fagulhas interrogativas. Bárbara percebeu.

Você está legal? – perguntou.

Tudo bem, Bá! Vamos lá conhecer meus velhos. Numa boa... – disse, sem muita convicção, apesar do esforçado entusiasmo aparente.

Já haviam descido do ônibus e caminhavam em direção à casa do rapaz. Bárbara parou, o olhar perdido. Afagou-se com as mãos sobre os cabelos. Soltou o prendedor de elástico. Sacudiu a cabeça desfazendo o coque lateral. Pensou que, de novo, precisava mudar de produto para o alisamento. Alterou a expressão do rosto. Algo no sentimento fisgava-a. Era a mesma coisa, sempre ameaçadora. Lembrou-se de que era "Chica" na escola – uma alusão ao filme Chica da Silva. Não se achava em nada parecida com a atriz Zezé Mota, que vivera a personagem histórica. Aceitara o apelido com certo espinho flutuante. Esteve assim pensando, mas antes que o namorado abrisse a boca, acionou seus dribles entusiásticos, dizendo a ele:

Meu querido, amado, futuro esposo: avante! Os coroas hão de conhecer a nora mais punk do mundo. Bilu, bilu, bilu... – arregalou os olhos, deu um beijo em Maurício, fez trejeitos de dança e puxou-o pelo braço. Entraram.

Na sala vazia, Bárbara sentou-se em uma poltrona, cruzando as pernas. Brincava com as emoções, fazendo caretas, esticando risos. O namorado foi em direção à cozinha, chamando:

Mãe!...

Bárbara descobriu o oratoriozinho a um canto. A chama da vela bailava. O passado de novo foi chegando com seu redemoinho de recordações. Um amontoado de imagens cristalizando-se em um baile ocorrido no ginásio do Palmeiras. Era uma promoção da equipe Chic Show, tendo como astro da noite a cantora Sandra Sá. O jovem casal, mais duas amigas de Bárbara, lá foram. Maurício se entrosou tão bem que, mesmo sem muito jeito, tentou imitar os exímios dançarinos, criadores anônimos de uma arte popular da juventude paulistana. Ele tentou e chegou mesmo a rir de sua inabilidade. Bárbara, com as lições recebidas do irmão, ajudava o namorado desajeitado. E veio o momento do *show* lá pelas 3 horas da madrugada. A cantora fazia sucesso. Milhares de pessoas acompanharam-na em sua música de parada:

"*... Você ri da minha pele / Você ri do meu sorriso/ Sarará crioulo.../ Sarará crioulo.../ Sarará crioulo... / Sarará crioulo...*".

Maurício, um pouco avermelhado, disse à namorada:

Vamos até lá fora, Bárbara?

Ela, sem entender, foi. Abriu-se compreensiva, por ser a primeira vez que ele enfrentava o ambiente. Mas, depois que o viu tragar o cigarro, percebeu o incômodo mais profundo. O calor excessivo foi argumentação vinda com atraso, e de muleta.

E ali, naquela sala fria, a voz da cantora retornava em ritmo de memória, instaurando incertezas.

Boa noite! Está pensando na vida? – era dona Cecília.

Boa noite! É... Como vai a senhora? Tudo bem?

É... O Maurício falou que você vinha conhecer a gente hoje...

Uma insegurança havia se espalhado repentina pelo ar. As duas se entreolhavam. Portas e janelas do sentimento ao sabor de um vento inesperado.

Aí, eu disse a ele: "Traz logo mesmo. Você já precisa ir tomando jeito na sua vida". Ah!... Vem aqui pra cozinha. Estou fazendo um bolo pra vocês.

O casal deu-se as mãos e seguiu aquela senhora excitada de amabilidades súbitas.

Depois de alguns minutos, em que os três cortejavam o cheiro de chocolate vindo do forno e garimpavam algumas conversas, Crispim atravessou a sala, chicoteado por um de seus acessos. Ajoelhou-se contrito e, em fortes sussurros, rezou Ave-Marias entrecortadas de: "Dai-me paz!" E assim chegou ao soluço molhado.

A mãe de Maurício tentou acalmar a namorada do filho, desculpando o "seu velho". Fechou a porta da cozinha e, em rápidas palavras, justificou a atitude do marido. Maurício sentiu um tremor. Logo em seguida, o silêncio se fez na sala. Dona Cecília lá foi.

Tá melhor, Crispim? – ao que o marido respondeu apenas suspirando aliviado. Ela continuou com leves afagos: *Ah, então vem cá, vem... A namorada do Maurício taí. Vem conhecer ela. É uma uvinha de graciosa!*

Crispim, depois de se sentar e tomar o copo d'água que sempre ficava cheio ao lado da santa, aceitou o convite sem muito atinar. Era mais uma forma de se distanciar de seus pensamentos suicidas, já um tanto derrotados pelas orações. Fechou a porta de entrada, que deixara aberta ao passar, e caminhou seguindo Cecília.

Bárbara levantou-se e tentou sorrir para aquele homem careca e de olhos injetados. Foi correspondida ao inverso. Recebeu um olhar engordurado de menosprezo. Maurício engasgou-se com um imenso vazio. Depois vieram as palavras ríspidas, seguidas de uma salivação pastosa que se foi formando em Crispim nos cantos da boca:

Você tá louco, rapaz! Meu único filho e já vai querer sujar a família!? Idiota! Não quero saber desse tipo de gente aqui em casa! Não admito preto na família! Não admito! – e deu um forte murro na mesa.

Bárbara saiu desesperada. Maurício ficou atônito, até conseguir dizer:

O senhor... O senhor é um frustrado!

E recebeu um bofetão. Depois outro.

O que é isso, rapaz?! – gritou o empregado do fliperama, ao ver Maurício esmurrando o painel da máquina de diversão. E correu para lhe segurar os punhos. O rapaz deu por si e o vidro quebrado. Assustado, desvencilhou-se e saiu correndo.

Bárbara, em um canto de seu quarto, envolta no translúcido das lágrimas, enxergava-se menina, escondida no porão

da casa, esfregando cândida nas pernas para ver se a cor saía. Carregando seus 90 anos coroados de lucidez, a avó surpreendeu-a:
Que é que ocê tá passando aí, menina? Tá ficando doida, tá?
Ahn?! – assustou-se com a porta se abrindo.
A lembrança evaporou-se.
O que foi, Bárbara, minha filha? Você está chorando...? – era a mãe que entrara no quarto. Abraçaram-se.

Naquele momento, Maurício, o coração em tiras, caminhava sem rumo pelos braços da noite. Dona Cecília raspava o carvão da forma, enquanto o marido, tentando se curar de um outro acesso, ajoelhado, rezava aos pés de Nossa Senhora Aparecida.

VISITA

Estávamos em volta da fogueira, analisando as labaredas azuladas de angústia e refletindo sobre os estalidos da covardia. Era noite plena. Uma lua à toa dormia no negrume.

Ele chegou, com seus olhos claros, arregalados de pavor, e nos fitou um a um. Ofegava. À luz de nosso fogo, o vermelho de seu rosto ganhava mais intensidade.

Era um daqueles que tantas vezes haviam vindo na mesma circunstância: aproximavam-se, encostavam suas garras em nossos cabelos e pele, e fugiam emitindo grunhidos terríveis.

Aquele, no entanto, parecia diferente. Queria falar. Circulou entre nós, desconfiado, as costas viradas para as chamas. Hesitou e, em um tom agressivo:

Vocês... Vocês... Então, vocês são gente?!

Nossa indignação desferiu-lhe um só golpe. Mortal. Em seguida, ele foi assado e atirado aos cães.

CONLUIO DAS PERDAS

Gotas de chuva unidas serpenteiam brilhantes na vidraça. O frio da tarde começa a manipular suas agulhas de arrepio. É um frio fora de hora. É só a noite enxugar as lágrimas, o calor volta com toda a sua potência. Mais que nunca, preciso de tempo aberto, de perspectiva espacial, de horizonte, de estrelas ao longe. Fico aqui curtindo saudade, saudade de quem retorna às minhas próprias raízes e, ao mesmo tempo, me abandona nesta São Paulo de tantos sonhos e decepções.

Não fosse aquela história de "hora errada em lugar errado", talvez eu tivesse a sua companhia, ainda por muitos anos, a meu lado.

Feito o exame de corpo de delito e tomadas as providências médicas, quando retornávamos para casa, eu disse, entre outras coisas: *Vamos vencer isso. Não desanima. Eu já passei por isso também.*

Falei, mas era mentira. Havia, sim, vivido alguns vexames do tipo: pai da namorada, ao me conhecer, impede o namoro; ser barrado em porta de prédio ou me indicarem o elevador de serviço quando eu era visita; não ser servido em restaurante ou tomar chá-de-cadeira; ser preso por vadiagem, mesmo com a Carteira de Trabalho assinada... Enfim, eram fatos que me haviam feito sofrer, mas nada daquilo se igualava ao que acontecera.

Depois de desabafar comigo, imensa muralha ergueu-se entre nós. Em minhas investidas de aproximação, ele apenas sorria como quem diz: "Preciso ficar em paz." Até que, um dia:

Vou embora – disse, com o olhar perdido.

Uma incisão profunda em meu ser. Desde Helena eu não perdia ninguém. Haviam se passado treze anos daquele adeus que ainda está aqui, como uma cicatriz em minha memória.

Ela perdera a cor. O brilho dos olhos havia sumido sob uma névoa de desencanto. Sete anos de um casamento cheio de alegria e realizações iam chegando ao fim. O futuro vinha como densa neblina cobrindo o rio por onde eu deslizava lentamente para grandes interrogações de minha vida. A maior dúvida era como explicar tudo aquilo a uma criança que estava ali sem entender o meu cismar e o definhar de Helena. Foram inúmeros malabarismos verbais e gestuais para impedir que ele sofresse e eu perdesse por completo uma miséria qualquer de possibilidade de reverter o quadro. Em um daqueles dias, ele me assustou ao fazer a pergunta envolvendo a zona que eu ainda recusava encarar: *Papai, o que é morrer?* Minha memória bloqueou, durante esses anos, a resposta que eu dei. A ideia do fim me aterrorizava. A única lembrança que me ficou daquele momento foi que eu o abracei muito, como se alguém o ameaçasse sequestrar e eu tivesse de reunir todas as forças para protegê-lo.

Depois, tudo veio como se fosse uma enxurrada de pesadelos. Naquele dia em que, ao chegar do trabalho para render a enfermeira contratada, ao dar banho no meu filho e colocá-lo diante da televisão, sentar-me na cama e perceber que o grande amor de minha vida punha sangue pelo canto da boca, não me contive. Assim que o médico – que fora chamado às pressas – se foi, meu filho e Helena adormeceram, esvaziei meia garrafa de uísque, chorei muito e decidi que seria melhor lançar a realidade nua e crua sobre a inocência de Malcolm, no dia seguinte, antes de irmos para a escola. Foi então que me surpreendi. Ao me ouvir falar sobre a futura morte (eu usara a palavra exata) de sua mãe, ele retirou do bolso da calça do uniforme escolar um papel muito enrolado que dizia assim: "Querido filho, não posso mais falar, por isso escrevi este bilhete. Guarde-o com muito carinho. Adoro você, mas a doença ficou muito forte e logo eu tenho de ir embora igual o seu gato Leleco foi. Vou deixar você e não vou voltar mais. Todo mundo é assim, um dia vai embora sem poder retornar. Agora, você e seu pai vão viver sem mim. Estude e trabalhe muito para ser feliz. Eu te amo para sempre. Sua mãe."

Depois do féretro, ele, sentado no meu colo, tirou do bolso novamente aquele papel e me deu, dizendo: *Guarda ele pra mim, papai.* Guardo até hoje.

Com o fato que o fez ir embora, aquelas palavras de Helena voltaram-me com novos sentidos, como se endereçadas a mim e não a meu filho. A sensação de perda veio como uma sombra que estava apenas escondida.

Aos 18 anos, prestando vestibular para Engenharia, entusiasmado com o seu sonho profissional, era um filho que muito me auxiliava desde que passamos a viver juntos só os dois. As dificuldades raciais – tema recorrente em nossas conversas, sobretudo quando ele sofria alguma discriminação, arranjava uma namoradinha branca ou queria discutir suas tranças – jamais impediram nossos passos. Eu aprendera a enfrentá-las. Sabia que, se tivesse dinheiro, tudo ficaria mais fácil. Assim, sempre busquei superar barreiras para alcançá-lo e ensinei isso a ele. Depois da morte de Helena, Malcolm tornou-se a minha mais importante motivação de viver. E como ele correspondia aos meus incentivos, nossos laços se estreitaram muito. Meu filho tornara-se meu companheiro. Bastava haver qualquer coisa que me aborrecia em alguma de suas atitudes, ou vice-versa, ele me dava alguns leves socos, como quem chama para a briga, e ia me dizendo suas desculpas ou permitia que eu desse as minhas. Eu ensaiava aquela luta com ele e, assim, íamos conversando até, por fim, nos abraçarmos e todo aborrecimento se afastar completamente. Foi dessa forma que ele conseguira me livrar do álcool.

Contudo, às vezes, nós, seres humanos, perdemos a noção de que debaixo de nossos pés existe areia movediça.

Helena, próximo ao ocorrido com nosso filho, do fundo de minha memória parecia reivindicar seu antigo posto de mãe. Esse meu drama íntimo ocorria em sonhos. Sua imagem surgia muito nítida e, repetidamente, para me repreender quanto à educação de Malcolm, coisa que, em vida, raras vezes ela fizera. Após um desses entrechoques oníricos, acordei sobressaltado, com o pressentimento de que algo aconteceria. No sonho, ela, vestida de policial – algo estranho para alguém que fora modista –, brandia um cassetete em minha direção e gritava. Aflitivamente, eu não podia ouvir uma palavra sequer. A cena da noite foi, como de costume, sobreposta pelas atividades diárias, até que, no final de meu expediente de trabalho, o celular tocasse e uma voz autoritária anunciasse a prisão de meu filho ocorrida horas atrás.

Pagar nossas contas era uma tarefa de Malcolm. Durante o intervalo do cursinho, ele foi ao banco. Como de outras tantas vezes, a porta automática travou seguidamente, mesmo quando nenhuma moeda havia em seu bolso. Certa vez, conversando sobre um desses incidentes, meu filho me dissera ser o "automático" da porta giratória um controle remoto nas mãos do segurança que ficava em uma guarita interna da agência e, dali, escolhia as pessoas para realizar uma maior investigação sobre metais. Naquela ocasião, como nas outras, por fim, Malcolm conseguiu entrar. Entretanto, antes que ele pegasse a senha e se sentasse para aguardar o atendimento, dois indivíduos muito bem trajados adentraram o banco sem que a porta travasse, renderam o segurança e atingiram com um tiro o colega deste, que estava ao fundo e tentara reagir. Um dos invasores deu o grito, depois de ambos se encapuzarem: *Isso é um assalto! Todo mundo deitado no chão com a mão na cabeça!* Cerca de dez pessoas, incluindo funcionários, ouviram, durante cinco minutos, ameaças de morte de outros dois ladrões que também haviam invadido o local, já com os rostos cobertos e portando cada qual uma metralhadora, enquanto os dois primeiros, com pistolas em punho, faziam a coleta nos três caixas. Um bandido, fora da agência, trajando uniforme de segurança, afastava os clientes alegando estar o sistema em manutenção e haver falta de energia. Alguém desconfiou e logo a viatura em serviço na região foi acionada.

Quando a quadrilha encetava a sua fuga, foi surpreendida, na saída. Houve tiroteio, os assaltantes retornaram para o interior do banco, ficando um deles de bruços após ter sido baleado.

Pai – Malcolm relatou-me – *eu vi tudo. Eles me pularam três vezes. Uma, quando entraram. Outra, quando tentaram sair e, depois, quando retornaram. Eu estava com a cabeça debaixo de uma cadeira, o rosto voltado para a porta e o resto do corpo para fora. Um deles, quando estavam tentando fugir, pisou nas minhas costas. Quando tiveram de voltar, um outro caiu em cima das minhas pernas e a arma dele – uma metralhadora pequena – veio parar próximo do meu cotovelo, depois de bater no meu ombro esquerdo. O cara agonizava. Foram muitos tiros, vidros estilhaçados e uma gritaria geral. Os policiais nem consideraram que havia reféns* dentro do banco. Tentei me encolher, mas o peso do homem em cima das minhas pernas travou meus movimentos. De repente a artilharia parou. O que se ouviu naquele instante foi o som de muitas sirenes, choros e gritos histéricos. Eu tremia e suava frio. Aí, houve mais dois tiros. Acho que devem ter sido esses que mataram o segurança, aquele que tinha me barrado. Ele tentou reagir mesmo tendo sido algemado pelos ladrões. Então, eu consegui, num impulso, me encolher e fiquei na posição fetal. Só que, quando eu fiz isso, a arma caída ficou mais perto de mim. Fechei os olhos. Foi, então, que me deu uma crise de choro e a minha tremedeira aumentou. Houve, a partir daí, muitos outros tiros. Depois parou tudo, só ficando gemidos. Demorou um tempo assim. Aí, os policiais entraram falando alto, até que senti passos perto e escutei: "Esse daí não mata não! Esse a gente leva." Recebi um forte chute na coxa e agarraram minhas mãos que cobriam a cabeça e me algemaram.

Quando Malcolm me contou, chorei abundante e silenciosamente, arquitetando cruéis vinganças. Ele havia sido preso como sendo o único bandido que restara vivo e, por isso, fora maltratado por um dos policiais, até que se pudesse explicar e um funcionário da agência, que fora depor, o reconhecesse como cliente.

Depois de, com a ajuda de amigos, eu conseguir a punição do PM, só me restava continuar insistindo para meu filho se recuperar. Eu o queria de volta aos estudos e junto a mim. Ele ficou muito tempo sem sair, curou seus ferimentos, mas se recusou a fazer tratamento psicológico e não pegou mais em livros ou apostilas. Por fim, se foi para Salvador, onde eu nasci, mas não tinha parente algum, nem amigos.

O *e-mail* que ele me enviou no dia de hoje alivia bastante a sua ausência, que deixou imenso o apartamento em que moramos desde o seu nascimento.

"Pai, hoje eu colei lá no Curuzu. Fui para a saída do Ilê Ayê! Rolou um axé, senti maior firmeza. Mesmo com a miséria que tem aqui, os caras representam mesmo o nosso pessoal. Levantam o moral da galera. Trombei uma mina firmeza que você vai gostar. É daqui. Elinalva. Meu coração tá bombando. Ela tem uns esquemas com umas pessoas do bloco e vai rolar um lance de eu desfilar. Se der, vai ser massa. Com essa gata no meu caminho, acho que começo a desencanar daquela treta do banco, do vestibular e de todo aquele estresse. Vou pedir mais uma vez para você me desculpar pelo jeito como eu saí de casa. Foi mal. Você sabe. Você sabe... O importante é que eu estou ficando de boa. Você tá ligado que é o melhor pai do mundo. Quando puder, cola aqui em casa. Um beijo do teu filhão. Malcolm."

Agora eu sei: apesar da areia movediça sob nossos pés, a determinação é que não nos deixa afundar. Quando terminei a leitura do *e-mail*, com uma preocupação a respeito das decepções amorosas, saltou à minha mente algo que há anos eu havia perdido em mim mesmo. À pergunta de Malcolm, ainda menino, sobre a morte, eu havia respondido: *Morrer é ir morar somente dentro dos outros.*

Na última noite, minha hóspede maior sorriu-me no sonho e eu senti em meus dedos as delícias do toque em seu cabelo crespo.

A chuva passou. Estrelas lantejoulam o céu. O calor vai voltar.

DÍVIDA EM VIDA

Chegava-se à conclusão final da palestra sobre os direitos retroativos. Dentre o público, que lotava o anfiteatro, destacavam-se os Brancos cujos Melhores Amigos são Negros, os Não Tive Intenção de Ofender, a Senhora Democracia Racial – exibindo seu rosto de duas mil plásticas – e o Deputado Amor não Tem Cor. Bem à frente do conferencista, notava-se o Reverendo Somos Todos Iguais, além de outras autoridades políticas, militares, empresariais e eclesiásticas, bem como o representante maior da nação. Cada qual com um riso mais amarelo que o outro.

O Dr. Zumbi abandonou o microfone, levantou-se e abriu um antigo e enorme baú, que ocupava mais da metade do palco. Foi retirando objetos e colocando-os sobre a mesa. Havia pelourinhos, correntes, chicotes, grilhetas, máscaras de folha-de-flandres, centenas de orelhas arrancadas à faca, cassetetes de vários tipos, paus-de-arara e outros que tais. Um século depois, retomou sua exposição, após um gole de Oceano Atlântico bastante avermelhado. Atento para o amontoado saído do baú, o público seguia os gestos e palavras como quem prepara um bote.

Senhoras e senhores, são apenas, para sermos humildes, como é sempre o esperado, um total de 3.500.000 (três milhões e quinhentos mil) trabalhadores chegados ao país nos quatro primeiros séculos, sem levar em conta a reprodução interna, que foi grande. Considerando cada um deles ter trabalhado no máximo dez anos, como *querem certos historiadores, tendo em vista as condições precárias de sobrevivência da época, chegaremos a um total de 35.000.000 (trinta e cinco milhões de anos) ou 420.000.000 (quatrocentos e vinte milhões de meses). Tomando como referência o salário mínimo de R$ 415,00 (quatrocentos e quinze reais) – atendendo ao apelo das classes patronais para que não sejam sacrificadas –, tem-se um total de tão-somente R$ 174.300.000.000 (cento e setenta e quatro bilhões e trezentos milhões de reais) ou, convertendo para a futura moeda do país, em sintonia com o Centenário de Morte de Machado de Assis, € 64.771.460.423,63 (sessenta e quatro bilhões, setecentos e setenta e um milhões, quatrocentos e sessenta mil e quatrocentos e vinte e três euros e sessenta e três centavos) a serem ressarcidos, o que caberia a cada descendente, levando-se em consideração uma população afro-brasileira de 90.000.000 (noventa milhões) de cidadãos, apenas R$ 1.936,66 (mil novecentos e trinta e seis reais e sessenta e seis centavos) ou € 719,68 (setecentos e dezenove euros e sessenta e oito centavos).*

Gostaria de salientar que, por motivos patrióticos, não foram considerados décimo terceiro, horas extras, férias em dobro, semana inglesa, seguro desemprego, indenizações por invalidez e morte, aposentadoria, vale-refeição, insalubridade, PIS, vale-transporte, participação no lucro das empresas e outros benefícios atuais. Juros e correção monetária também descartamos. Os prejuízos psicológicos advindos de torturas, estupros e outras formas de sadismo praticadas por seus antepassados, que ensejariam indenizações por lesões físicas e danos morais, nada disso foi computado. Igualmente, a atual crueldade refinada dos senhores também deixamos de lado. Vamos inaugurar um novo tempo. Quanto à forma de pagamento...

Quando o Dr. Zumbi levantou os olhos de seus cálculos, notou que a plateia estava vazia. Um último personagem dissolvia-se em fumaça por debaixo da porta. Mas, para surpresa do palestrante, Sua Excelência, o senhor Presidente da República, havia deixado a sua pasta. O doutor correu até ela e, sem escrúpulos, abriu-a. Saltaram outras tantas contas a pagar. Todas com prazos vencidos.

ENCONTRO

A ordem era não conversar. Corria risco se falasse. A voz seria também um documento.

Não se esqueça – disse Dizeno –, *a gente precisa se cobrir inteiro. Se puder disfarçar o físico todo, é melhor ainda. Você, Marecas, põe um travesseiro na barriga e mete um salto alto. Se forem tentar identificar, vão procurar uma mulher alta e grávida, entendeu?*

Alguém soltou a piada:

O difícil é fazer o ET perder a barriga.

E era. E aquele detalhe junto com a voz, aí sim, seria fácil identificá-lo. Um gordinho de fala grossa. Pronto, estava descrito, identificado. E o pior, não podia disfarçar, pondo sapato de salto. Da última vez tentara e foi aquele tropeção que por pouco não comprometera o "trabalho". Tal lembrança fazia a ordem de Dizeno tornar-se uma advertência de peso. Contudo, já estava ali há três dias. Fechado, só saindo três vezes a cada jornada, para fazer a refeição, receber os informes de como as coisas andavam e ir cuidar das necessidades de todo ser humano, que sequer usar o vaso do "buraco" podia. Nas três oportunidades diárias, portanto, ia até o quintal respirar ar fresco, ouvir a voz dos companheiros. Só depois de cinco dias, seria substituído, na vigília, por outro. Fora isso, mesmo quando saía para dormir, era instado a se calar ou a falar pouco. Dormir, dormia, mas descansar mesmo, não. O silêncio do dia virava tumulto interior. Um pesadelo atrás do outro.

A necessidade do silêncio, contudo, apesar de uma profunda agressão íntima, era compreendida por ele. Uma casa de periferia com luz acesa de madrugada e conversas, na certa seria alvo de desconfiança. E até aquele momento, nenhuma suspeita sobre o local se confirmara.

Cuidado, ET. O tempo rói a paciência – alertou Dizeno, no último encontro. E acrescentou o pior: *Se precisar, já sabe, você vai fazer o "sujo". Na testa, certo?*

Aquilo não seria problema em outro caso. Depois que matara o Gonçalo e o policial, o "sujo" deixara de ser dificuldade. Simples aperto de gatilho. Pena de ninguém não tinha. Mas ali, o silêncio era misturado com um desejo de quase gritar. Aquela solidão a dois não deixava o passado em paz. Ele, debaixo do capuz vermelho e com luvas pretas, além dos óculos escuros, impressionava na penumbra. O outro, iluminado por um abajur, contemplava-o e, mesmo assustado, dirigia-lhe a palavra, sem nenhuma resposta verbal. Pés presos a uma corrente ligada à parede, o seu raio de circulação ia da cadeira ao colchão e deste até o vaso sanitário. Menos de 2 metros para arrastar a corrente sobre uns trapos, sem fazer ruído. O homem, naquela condição, não obtinha êxito em se comunicar com o encapuzado. No segundo dia, quis tomar banho. ET levou-lhe, apenas, um balde com água fria e um pano. Que se virasse. Ali não era hotel, pensava, transmitindo-lhe ordens gestuais, ameaçando-o com a arma.

Mas o outro, mesmo com a intimidação, não desistia completamente de falar. Repetitivo, suplicava pela família, pedindo que fizessem contato, pois o dinheiro existia, que dessem um sinal de sua vida à esposa, que era acometida de doença nervosa. Implorava também por sua mãe, que já estava muito velha. E os filhos, era preciso que acalmassem os filhos, alimentassem aquelas crianças com uma boa dose de esperanças, etc. ET permitia que o outro desabafasse. Até que, não suportando o falatório, metia-lhe a automática na cabeça. Nesses momentos, dava-se o pânico com lágrimas silenciosas. E ET gozava o sofrimento do outro, um gozo salpicado de culpas, culpas que lhe instigavam as cordas vocais. Sustentava o silêncio, contudo.

No final do dia, ao sair do cubículo, dando lugar ao Delicado, este o alertou:

Ou eu ou você. Se for de dia, o "sujo" fica por tua conta. Se for de noite, é comigo.

O desfecho pior exibia sua ameaça. Depois, era fugir, fugir, fugir, disfarçar-se de tudo quanto era jeito. À noite, depois de sonhar que lhe estavam costurando, literalmente, a boca, acordou suado. Sentou-se na cama. Pensou e decidiu: falaria com o refém. Não era justo que, naquele caso, fizesse o "sujo" em completo silêncio. Uma palavra tempestuava-lhe o íntimo: vingança.

Manhã cinzenta. As notícias não eram boas. Um carro da polícia fora visto rondando pelo bairro. Dizeno tentava negociar de telefone público em lugares distantes. A família relutava quanto à quantia, argumentando estar conseguindo empréstimo de amigos. Tudo indicava que, naquela manhã, a situação teria seu desfecho. Sem sucesso, com o castigo que lhe caberia executar.

Senão ninguém leva sequestro a sério! – argumentara Dizeno quando da elaboração do plano, que significou ótima projeção de ET no grupo. Aquele empreendimento fora ideia sua.

A situação extrema e a fustigação da noite maldormida fizeram-no entrar no cubículo com estas palavras:

Pode ir se preparando, bonitinho. Pelo jeito cê vai dançar.

E, antes que outro tentasse articular:

E cala boca! Cê hoje vai ouvir, seu otário. Tô com o saco cheio das reclamação, sacou? Mamãezinha, a mulherzinha, os filho... Tá acabando, cara, toda essa ilusão.

O outro, em pranto contido, balbuciou:

Mas... por quê?

Eu vou te matar.

Mas... Pensa um pouco.... Eu nunca te fiz nada...

Fez! Lembra da empregada Maria? Não lembra, não é? Deve ter tido um monte de empregada com esse nome, certo? Mas, dessa você chegou junto, afogou o ganso...

O quê?

O que dá mais bronca é essa tua onda de bancar o inocente.

Eu não sei de empregada nenhuma. É um engano...

'Cê não fodeu a Maria? Fala, seu puto! Sabe de quem eu tô falando? Não dá uma de esquecido. Lembra daquela crioula que saiu da tua casa esperando um filho teu? Lembra?... Tá mudinho agora, é? Então, não lembra da Maria Trigueiro... Faz tanto tempo, não faz?...

O outro tinha o olhar engolfado no vazio, a mente inundada de passado. Uma palidez súbita descera-lhe como névoa sobre o rosto.

ET continuou:

Eu demorei pra saber dessa história. E aí, tá lembrando? Fala, veado! – e desferiu-lhe uma bofetada que o lançou ao chão.

ET subiu sobre ele, encostou-lhe o cano da arma na testa, olhando-o longamente. Naqueles olhos não via mais que uma profunda resignação. Levantou-se, indo para seu canto, na penumbra.

O sexagenário ergueu-se com dificuldade. De olhos baixos, encostou-se na parede. Chorava, sem soluço algum.

ET sentia a própria pulsação tomar conta de seu ser. Não pensava direito. Latejava por completo. Procurou controlar-se.

No denso e longo silêncio que se seguiu, a respiração cantou sua música ofegante.

Por fim, o sinal. Três batidas pausadas na porta. Chegara a hora. ET levantou-se e, à queima-roupa, apertou o gatilho. O som seco revelou a potência do silencioso da arma.

Na fuga, preparava uma outra fuga. Quando Dizeno soubesse, certamente o mataria.

Enquanto Delicado manipulava o volante com destreza, sem velocidade que os denunciasse, Edson Trigueiro lembrava-se das últimas palavras que dissera ao refém, depois de lhe apontar a automática para o seu ombro direito:

Não esquece teu filho, meu pai.

PONTO RISCADO NO ESPELHO

Por um momento, ficou sem pensar. Nesse meio tempo, andou até a porta querendo não crer. Imaginou, em seguida, ter escutado mal. Um arrepio correu na espinha. Sem ação, sentou-se e ficou matutando, labareda nas pupilas. O barbeiro, um nordestino branco, dava continuidade a seu trabalho como se o outro já estivesse longe. Júlio foi povoado de pensamentos violentos, relâmpagos desatados riscando o céu de dentro. Passou, deixando uma conclusão martelando: "Tudo culpa da Zenaide! Me encher o saco pra... Tudo culpa da Zenaide!" Percebeu, tropeçando em alguns raciocínios, sua fuga passando verniz sobre a carne viva do problema. A esposa, nada, nada tinha que ver com o acontecido. Firmou a concentração no fato e fitou o barbeiro.

"Cala boca! ou te retalho com essa tua navalha. Senta aí!" Apenas pensou. Tomaria o instrumento daquele estúpido e... Tudo diante do cliente que também se esforçava para não dar a mínima importância à presença de Júlio.

"Filho-da-puta..." – e rapidamente agrediria com muita força os dois. Apenas pensou. Nenhuma palavra entreabriu seus lábios. Pensou outras tantas coisas. Sentia seus olhos cada vez mais inchados e uma quentura dos diabos cozinhava ódio no peito.

Contraiu a musculatura facial no limite. Foi ficando senhor de si. Olhos em brasa na direção do barbeiro. Um silêncio cheio de farpas. Se alguma coisa fosse dita, um movimento a mais esboçado, Júlio despejaria o veneno embolado dentro de si. Metalizou-se ao tocar o volumoso instrumento em sua cintura. Estava todo, pleno, uma rocha explosiva. O barbeiro tremeu, ferindo o cliente. Vermelhos. Os dois foram ficando vermelhos. A temperatura no pequeno salão tinha subido. Júlio sorriu com os dentes cerrados. O cliente balbuciara uma reclamação, fez um movimento *bruscontido* com a aplicação do mertiolato, levantou-se, rabo-de-olho assustado e cabeça baixa. Saiu deixando os dois. Nenhum pio no ambiente: **tensão: imobilidade: tensão: imobilidade: tensão: imobilidade: tensão:**

....

O senhor quer se sentar, por favor... – suspirou o barbeiro. Havia visto, de relance, a morte niquelada.

Júlio teve asco. Um rato à sua frente. Já conhecia aquela atitude, aquele jeito muito comum de se conformar às algemas.

Levanta os olhos, palhaço! – ao que o barbeiro obedeceu.

Um nó de olhar. Ódio e culpa se acasalaram. A desproporção física e bélica não dava margem ao barbeiro sequer imaginar uma reação. Catatônico, ele chorava, mantendo um silêncio de desenganado. O medo e sua viscosidade.

Júlio obrigou-o a se sentar, cara para o espelho. Engatilhou a arma. Deixou-a na prateleira próxima. Apossou-se da navalha. Uma frieza interior e um desejo buscando satisfação.

Dá a mão!

A lâmina desceu lenta e abriu um filete rubro entre as linhas do destino do outro. Depois, com cautela, Júlio sangrou seu próprio polegar.

Põe a mão lá! – ordenou duro e foi obedecido.

Duas manchas na superfície do espelho.

O barbeiro: PAVOR!

Já o revólver na cinta, o tira finalizou:

Eu sou da polícia, ouviu, otário! – e saiu, recheado por um grande alívio, porém triste.

O outro, na cadeira, atônito, fitava a imagem de si mesmo atrás do estranho desenho feito com o sangue de ambos.

...

Júlio chegou à casa da sogra.

Ué, nego! não foi cortar o cabelo? – perguntou Zenaide, quando o marido entrou com a mão esquerda no bolso, polegar pressionando o lenço.

Aqui não cortam cabelo de negro – respondeu com secura e se negou a contar a história de seu primeiro dia de férias na cidade de...

SOB A ALVURA DAS PÁLPEBRAS

Meu avô me disse que matasse a princesa. Peguei de suas mãos as tripas do bisavô e com elas trucidei a *Madame da Liberdada*.

Criminoso! – vociferou Rebouças, pensando na última contradança. Havia sido deixado em um canto pela arianice aguda de todos os presentes, mas a dona Treze viera na direção do engenheiro negro ("""""""""maravilhado""""""""") e tirara-o para dançar. Essa lembrança, um arco disparando réguas e compassos pontiagudos.

Assassino! – gritou Patrocínio, desesperado. Eu tinha a ele negado "a mão ao menos" quando enterrei o cadáver. Ele não conhecia o **Cemitério da Indignação Pro**

funda. Não pôde mais beijar aquela alvura principesca cheia de dedos e anéis.

Traidor! Traidor! Traidor! – escravos, recém-libertos debaixo de flores, perseguiram-me até a entrada do quilombo do meu avô: O Coração de Nós Todos, um pouco acima da Barriga, do lado esquerdo sempre.

Lá entrando, não fui aplaudido nem censurado. Apenas o Conselho dos Ancestrais me disse, em coro:

Bom sirviço, minino.

E Zumbi, sorrindo:

Pod'scansá. Já é dia 14. Eles vão pensá!

DO MESMO AUTOR

Poemas da carapinha, 1978.
Batuque de tocaia, 1982 (poemas).
Suspensão, 1983 (teatro).
Flash crioulo sobre o sangue e o sonho, 1987 (poemas).
Quizila, 1987 (contos).
A pelada peluda no Largo da Bola, 1988 (novela juvenil).
Dois nós na noite e outras peças de teatro negro-brasileiro, 1991.
Negros em contos, 1996.
Sanga, 2002 (poemas).
Negroesia, 2007 (poemas).

Coautoria

ALVES, Miriam; XAVIER, Arnaldo; CUTI [Luiz Silva]. *Terramara*, 1988 (peça de teatro).

ASSUMPÇÃO, Carlos de; CUTI [Luiz Silva]. *Quilombo de palavras*, 1997 (CD – poemas).

FERNANDES, Maria das Dores; CUTI [Luiz Silva] (Org.). *Consciência negra do Brasil: os principais livros*, 2002 (bibliografia comentada).

LEITE, José Correia; CUTI [Luiz Silva]. *...E disse o velho militante José Correia Leite*, 1992/2006 (2.ed.) (memórias).

Sites:

www.luizcuti.silva.nom.br
www.lyrikline.org
www.quilombhoje.com.br
www.letras.ufmg.br/literafro

Este livro foi composto em tipologia Goudy e impresso na primavera de dois mil e vinte e três.